杨晓敏　主编

星星之城

XINGXING ZHICHENG

津子围　著

沈阳出版发行集团
沈阳出版社

图书在版编目（CIP）数据

星星之城 / 津子围著 . -- 沈阳 : 沈阳出版社，2022.7

（小小说名家精品文库 / 杨晓敏主编）

ISBN 978-7-5716-2495-8

Ⅰ. ①星… Ⅱ. ①津… Ⅲ. ①小小说－小说集－中国－当代 Ⅳ. ① I247.82

中国版本图书馆 CIP 数据核字（2022）第 092610 号

出版发行：沈阳出版发行集团|沈阳出版社
（地址：沈阳市沈河区南翰林路10号　邮编：110011）
网　　址：http://www.sycbs.com
印　　刷：辽宁泰阳广告彩色印刷有限公司
幅面尺寸：145mm × 210mm
印　　张：9
字　　数：180千字
出版时间：2022年12月第1版
印刷时间：2022年12月第1次印刷
责任编辑：沈晓辉
装帧设计：杨　雪
责任校对：郑　丽
责任监印：杨　旭

书　　号：ISBN 978-7-5716-2495-8
定　　价：58.00 元

联系电话：024-24112447　024-62564922
E - mail：sy24112447@163.com

《小小说名家精品文库》

序

杨晓敏

当代小小说于20世纪80年代兴盛至今，从参与读写人数、生存时间长度和独具的艺术魅力上，已成为当代文学读写的重要组成部分。小小说简约通脱，雅俗共赏，注重思想内涵的深刻和艺术品质的锻造，小中见大、纸短情长，自有其相对规范的字数限定、审美态势、结构特征以及艺术规律上的界定，在写作和阅读上从者甚众。平民艺术的质朴与单纯，简洁与明朗，加上理性思维与艺术趣味的有机融合，极其本色和看得见、摸得着的亲和力，无不加速全民阅读、书香社会的形成。小小说文体成熟的标志是，有琳琅满目的经典作品，有数以百计的代表作家，有从创作实践中不断完善的文体理论体系以及两代以上读者的阅读认可。小小说作为一种时代文体，与源远流长的《诗经》、《楚辞》、汉赋、唐诗、宋词、元曲、明清小说文脉相承，是与时代进步合拍的文化建设成果。

在当下的文学大家族里，小小说作为一种新的文学样式，从多方面调动了大众对文学的参与、理解和认同，为提升全民族的审美鉴赏能力，为传播文化、传承文明提供了一种行之有效的“另一种可能”。小小说成功地在精英文化和通俗文化之间打开了大众文化的通道，对于文化市场的介入与渗透，悄然构建了多元的文学读写格局，对于潜移默化地提升国民综合素质，全面提高全民族的文化水平和健康的审美情趣，树立正确的价值观念，应属一项首推的系统工程。小小说让文学回归民间，大众参与阅读，大众参与创作，本身就形成了自觉的文化选择。参与读写的过程，亦是致力于进步的文化行动。让普通人在读写中增长智慧或者得以心灵愉悦，为时代进步提供大面积的“大众智力资本”的支持，无论如何都是文学和社会的幸事。

《小小说名家精品文库》的编选与出版，旨在为广大读者提供有较高艺术水准、值得珍藏与阅读鉴赏的优质读本。以作家为经，以作品为纬，遴选精品佳构，推介名家新秀，致力于为文化市场提供大众的读写需求。入选作家的六部小小说作品集互为观照，组合出一处千姿百态的文化景区，在遵循文学艺术创作规律的前提下，兼容和尊重作家在选材、形式、立意上进行的探索和创新性劳动，从中可以窥见作家们对于题材选择、创作个性和艺术趣味的审美追求以及反映生活、观察世界的认知能力。

津子围以写中长篇小说为主，获誉甚多，这部小小说集《星星之城》的创作显得驾轻就熟，得心应手，既秉承了《左氏春秋》《阅微草堂笔记》《聊斋志异》深厚传统，又充分借鉴了欧亨利、博尔赫斯、鲁尔福、科塔萨尔的叙述技巧，所选小说集中刻画了现实生活中的小人物，选材自由，写法多变，人物个性鲜明，文气充沛通达，全方位呈现了小小说世界的丰富性与各种文学品质抵达的可能性。作品富有想象力，情节诡异，立意深远，结局常常出人意料而发人深思。作品能够在小小说“螺蛳壳中的道场”里营造出场景、色彩、气味和温度，追求大境界，对人性有深入的探索和挖掘。作品的内在逻辑连贯无隙，语言有弹性有节奏，自然流畅，妙趣横生，阅读起来读者的参与感强。

赵新是年逾八秩的老作家，毕生致力于乡土文学创作，已形成鲜明的艺术风格，《乡里乡亲》所描述的农村生活丰富多彩，生动新鲜。作者关注社会现实，尤其是关注农村变迁中农民的切身感受，在有限的篇幅里，通过活生生的人和事，像一位乡村歌者吟唱他们的喜怒哀欢，所思所想，他们的生存状态、处世态度、心灵渴望以及爱憎。他的小说人物是从村子里那些茅屋瓦舍中走出来的，是从阡陌纵横的田间走出来的，那些人物的身上散发着泥土的味道，散发着小麦或高粱的清香。他们一个个鲜活真实，栩栩如生，参差错落地生活在那片大平原上，把那块土地装点得生机勃勃。身边的故事，熟悉的场景，加上深邃的思考，写活了各色人物，成为一种简洁明了、呈现动态状的叙述艺术，令人赏心悦目。

在聂鑫森的《小人儿书店》里，可以感受到作家深厚的国学素养，在塑造人物时所倾注的人类尊严、达观自信以及对国家民族、传统文化的忧患意识，表现出地道的中国传统小说的艺术功力，散发着浓郁的民族气派和古典主义的人文情怀。另有一种专业的、新鲜的、流畅的相关物事的常识性描写，愈发引人入胜。作品切入当下的现实生活，塑造了长街小巷、工厂、农村、学校的能工巧匠、高人雅士、普通劳动者，他们各有各的精彩故事，各有各的胸襟气度。在“故事”之外，作者努力营造浓郁的文化氛围，透现人物的文化品格，擅长描写那些被传统文化深度浸染的人物。讲究小说的谋篇布局、语言的精致隽永，在艺术表达中通过高雅审美，折射出理性的光芒。让读者品啜之中，余味愈浓。

刘建超的《老街故事》在对“古城老街”民俗风情的系列描写中，以当代人的视角呈现豫西百年的民间传说、人物故事。作者用充盈的笔墨渲染展现丰富的历史文化积淀，在对人情世故的体察中，揭示民族的文化心态和处世态度。通过对市井生活的体贴感知和深沉濡染，勾画出一幅富有生命力的老街风情图，各色人物在画卷演绎着生活的悲欢离合、喜怒哀乐，形成众声喧哗之势。在繁杂喧闹的世俗图景背后，隐藏了作者对平凡人物人事命运的关注和体察。作品具有英雄主义精神和理想主义底色，塑造的人物对社会、家庭和责任勇于担当，即使是市井人物，也多是嫉恶如仇、有侠肝义胆的角色，形象饱满生动，故事构思巧妙，素材剪裁自如。这种挟带着人性、尊严、道义的永恒题材所营造出来的艺术氛围，本身就契合读者的阅读期待。

范子平的《都市沙漠》是对历史的回顾和当下生活的再现，反映了广阔的社会背景和时代的变迁。这些小小说把焦点对准人物的心理层面加以透视，以反映生命与生存，通过对底层生活的入微观察与体验感悟，尤其对大众生存状态的复杂性进行形而上的探索思考，引发对某些现存价值观的反思，把对人性拷问的探索，对故事深层的文化思考渗入小小说情节之中，呈现出独特的艺术张力。在构思上机智善辩，从形式到内容，从生活现象到生活本质上展现矛盾，集中体现在抓住生活中内容与形式的反差、现象与本质的矛盾来提炼故事情节，使这些小小说拥有了幽默、讽刺、隐喻以及抒情的力量。作品注重思想内涵、艺术品位和智慧含量的综合考量，让人读起来能粘住眼球，读后津津乐道。

佟继萍生长在蒲河岸边，把蒲河视为灵魂栖息地和精神家园，《蒲河之约》以细腻的叙事和独具民俗风情的描写，在熟悉的蒲河两岸构筑着自己的小小说王国。尤其对小镇人物的关切及艺术性还原，摇曳着古典美的情感，散发着泥土芬芳和迷人的幽香。作者洞悉普通人的兴衰际遇，深层次揭示了职场人物的复杂环境和微妙心理，扎实灵动的文字，展现了作者艺术表现力、心理描写和气氛营造相得益彰，产生出良好的艺术效果，作品耐人寻味。笔下的人物刻画细腻，形象生动饱满，性格鲜明，语言清丽脱俗，舒缓有致，浓郁的地域风情迎面扑来，给人一种美的享受。

好的小小说应是思想内涵、艺术品位和智慧含量的综合体现。

所谓思想内涵，是指作者赋予作品的“立意”，它反映着作者提出（观察）问题的角度、视野、深度以及批判意识、质疑姿态等，深刻或者平庸，一眼可判高下。艺术品位，是指作品在塑造人物性格、设置故事情节、营造特定环境中所折射出来的创意、情怀和境界等。而智慧含量，则属于精密判断后的“临门一脚”，是简洁明晰的“临床一刀”，解决问题的方法、手段和质量，见此一斑。

《诗经》作为文学之源，来自民间，应属“平民艺术”，自楚辞之后文学进入了士大夫即精英阶层，一直以“主流”的生存姿态渐成少数人的事，至 20 世纪 80 年代经济崛起带动文化教育普及，加上网络等现代媒介的便利，当代文学读写开始在民间复苏并勃兴，文体流变数千年后，小小说作为一种新兴的大众读写文体，终于又与民间的《诗经》在艺术精神上悄然接续，营造出一种由大多数人参与读写的文学生态。

一茬茬优秀的小小说作家浮出水面，一批批堪称佳构的小小说作品炫人眼目，在赢得作家的文学地位的同时，也为社会大众提供了量、质兼具的优秀精神食粮。因为这些创作精短作品的作家们知道，在同样具有思想内涵、艺术品位和智慧含量的前提下，节省阅读时间就是对读者的最大尊重，给自己和别人带来一次哪怕是简单的快乐，也令读写者们乐此不疲，而一次次的快乐叠加，会为我们的伟大时代和人生旅途平添缤纷的色彩。

目　录

contents

半斤星星

一个叫大壮的男人，佝偻在住院部水房的角落里，抽泣的肩膀在阴雨的夜色里一抖一抖的。

“28 号床家属……28 号床家属！”

大壮应了一声，连忙摸索着打开水龙头，快速洗了一把脸。

走廊深处，胖胖的护士站在日光灯下，“你女儿说话了，她想见你。”

大壮跑过去，护士侧着身子，打开病房门。

“喊你几遍了？磨磨蹭蹭，真是的！”

大壮献媚地朝护士笑了一下，几步就跨到了女儿床前。

“爸爸来了，文倩，爸爸在这儿。”

女儿吃力地张着嘴：“我……我想要半斤星……星。”

大壮握着女儿的手，先是愣了一下，接着不停地点头。女儿昏迷了 3 天，终于说话了。“好，好。”大壮应允。

女儿苍白而干裂的嘴唇动了动，努力微笑着。

雨是后半夜停的。大壮坐在医院二楼平台上看星空，没有繁星满天，可还是看到了闪烁着的稀疏星辰。大壮知道，他没本事飞到天上去摘星星，可心里还是暗自期待着，他小声祈祷：只要满足女儿的要求，让我承受什么都愿意。

自从女儿的病被确诊，大壮就开始了漫长而痛苦的煎熬，他想尽所有办法，不惜一切代价，还是没能阻止女儿病情恶化的速度。他内疚、自责，甚至痛恨自己，本来他可以阻止女儿降生的，当初，他随地质队进入山区，闯进那个女人的世界，女人就告诉他自己的家族病史。他不应该让女儿接着承受这种痛苦。女儿母亲的孤坟就寂寞在小兴安岭深处的一片落叶松林里。当然，大壮也咨询过专家，那种病的遗传概率并不高，为什么女儿发病比她母亲还早呢？会不会还有别的原因，比如家里的装修。搬进新楼房不到一年，女儿开始频繁地发热，身上出现片片瘀斑，浑身无力、脸色惨白……他查了很多资料，知道装修后的空气中含苯和甲醛，那些东西无影无踪，涂料、油漆、墙纸、地毯、家具都是嫌犯，鬼知道它是从哪儿冒出来的。

很多时候，好的愿望未必换来好的结果，本想给女儿一个舒适豪华的环境，可惜女儿住了不到一年，那个房子就空空荡荡了。

女儿说出了愿望之后，又处于半昏迷状态。接下来的几个夜晚，大壮都是在阳台上度过的，无论阴晴，他都默默地向无边无际的苍穹祈祷。

大壮无论如何也不能相信，奇迹真的出现了：就在那个雾蒙蒙的深夜，一道火光——不，应该叫作电光从他眼前划过，接着就是一声震颤和轰鸣，定下神儿之后，大壮发现庭院后的建筑工地升腾起烟尘。是流星、流星陨石？难道自己祈求的愿望实现了？上苍真的送给了自己半斤星星？

大壮从医院里跑出来，他跨过围栏、掀开隔土广告布，钻进了建筑工地。大壮用便携式手电筒四处搜寻，一直到天色微明，他才发现沙土堆上的环状撞击痕迹。大壮本以为那个陨落的星石会入地很深，不想，天大亮时，他已经挖到了那个烧煳了的土豆一般的圆石。

“文倩，星星，你要的星星，爸爸给你拿到了！”

好一会儿，女儿才吃力地睁开眼睛：“这是什么？”

“星星啊，天上的星星。你不是跟我要半斤星星的吗？”

“你……摘的？”

“怎么可能！爸爸也不会飞，爸爸每天都向星空祈祷，奇迹就出现了，星星就落了下来。”

“我跟您……要星星了吗？”

“是啊，你跟我要半斤星星……虽然爸爸还没称量，差不多，这个陨星足有半斤了。”

女儿转过头去。

大壮拉着女儿的手，女儿还是不肯看他。大壮站了起来，小心翼翼地扳过女儿单薄的肩膀，女儿已经满眼泪水。

“爸……我糊涂时说的话，您不要听……”

“你没糊涂，爸爸知道你没糊涂。”

“爸……真的，难为你了！”

“没事的，你想要什么，上天入地爸爸都给你想办法。”

“谢谢……爸爸。”女儿轻声喃喃。

“不谢，我不是爸嘛……”大壮说着，鼻子酸得厉害。

一个月后，女儿怀抱着陨石离世。

安葬了女儿之后，大壮关在家里整理女儿的遗物，他发现写字板上还留着女儿的笔迹：“黑星星，我想吃黑星星。”黑星星？大壮懵住了，他立即上网查阅，“黑星星”原来是龙葵，一种植物果实，每个地方的叫法不一样：黑姑娘，黑天天，野辣椒、乌疗草，地葫草……而东北小兴安地区叫黑星星……大壮的眼睛立即被泪水模糊起来，眼前出现了小兴安岭那片浓绿的树林——女儿当时是清醒的，她要的半斤星星，一定是黑星星！

丨谢 谢丨

尽管对飞机延误已经有了心理准备，站在登机口前的王志强，还是期盼本次航班能准时起飞。

两个穿制服的人向王志强走了过来，他一眼就看出他们是干什么的，摆了摆手。那两个人走近，坐在椅子上的小庞和汪晓东，向他们推销旅行卡。王志强心想，那个制服很容易混淆人们的判断，如果不是内部人员，还真分辨不清他们是不是航空公司或者机场的工作人员，就像很多人分辨不出警察和协警一样。

王志强经常坐飞机执行公务，他对机场的情况十分熟悉。十几年前，王志强办理信用卡时绑定了航空公司的会员卡，没想到竟然升级成了金卡——在空中飞来飞去，航班里程不断累积，不知不觉中他成长为金卡会员。金卡会员的好处挺多，最明显的一个好处是，可以用里程免费兑换机票。五一小长假，老婆孩子免费去了一趟九寨沟，算是对他长期在外奔波的小奖赏，而且，这个奖赏是额外的，有点不要白不要的意思。还有一个好处，可以享受贵宾待遇，进头等舱休息室、走优先通道。今天王志强不能去休息室喝咖啡、吃点心，小庞他们没有金卡，既然大家一起出行，把自己搞得太特殊总显得不太好。

飞机还是延误了两个小时，王志强他们三人登上飞机时，小庞已经一脸愠色，汪晓东脖子往上都涨红着。经过舱门口，面对空姐的职业甜笑、和风细雨的问候，小庞不理不睬，汪晓东也不友善地扔了一个白眼。

他们三人的座位是紧挨着的，39ABC。小庞是 A，临舷窗，汪晓东是 C，临过道，王志强是他们两人中间的 B。王志强对汪晓东说，你坐中间吧，我坐过道。

三个人中，王志强的块头儿最大，坐在过道他还稍微舒展一些。

飞机滑行，开始爬升，他们三人安坐下来。王志强瞥了汪晓东一眼，心想，汪晓东坐了自己的位置，一会儿空姐会过来单独跟金卡会员打招呼，如果问到汪晓东，不知道他如何反应。自己是否接话，说自己是王先生。一般情况下，空姐会拿一张做了记录的小纸条，对经济舱里的金卡会员表示礼遇。其实，经济舱里的金卡会员没有几位，而空姐的礼遇也是形式上的，只是来告诉你飞机降落的时间。尽管如此，每次受到这样的礼遇，王志强还是感觉良好，觉得自己跟其他人有所区别。

王志强决定，今天自己不接话，看看空姐是不是只认座位不认人，当然，他也想看看汪晓东的反应，也许会在枯燥的旅程中增添一点佐料。

飞机升空，平稳之后，空姐开始为乘客送饮品、送餐。由于航班延误，此时已经到了正餐时间，但空姐送的却是间食——一个热狗。小庞有些不满地嘟哝：“飞机上的伙食越来越差了，原来是吃好，后来是吃饱，现在顶多是不饿。”空姐听到他说的话，连忙解释，因为这个航班没有配正餐，飞机延误是意外事件，她还多给了小庞一份热狗。接着，空姐热情地对汪晓东说：“王先生，你需要一份吗？”

汪晓东愣了一下，接着说：“好的，谢谢！”

王志强暗自一乐，斜眼瞅了瞅汪晓东，看得出汪晓东很受用的样子。

实际上，小庞只吃了一个热狗，他把另一份递给了汪晓东，汪晓东随手递给了王志强。王志强说：“我已经够了。”

“没关系，不够再要。”汪晓东很有信心地说。

王志强没说什么，他甚至盼望空姐来找39B的“王先生”，看看接下来会发生什么事儿。

空姐忙来忙去，先是送饮品，后来送餐，之后又收拾餐盒垃圾，迟迟不来找“王先生”。以前，王志强对此从不关注，没感受到时间的滴答声，现在心里盼望了，时间反而慢了下来。不会漏掉这个程序吧？王志强想。转念王志强又想，不过，偶尔漏掉也是可能的。

广播里提示乘客收起小桌板、扣好安全带、打开遮光板、调直座椅靠背。王志强知道飞机开始下降了，他微微闭上眼睛。

一股淡淡的香水味儿，空姐站在王志强身边。空姐俯下身子对汪晓东轻声说："王先生您好，飞机将在 1 点 50 分左右降落。"

汪晓东连忙点了点头儿，说："谢谢！"

王志强心里直乐。

王志强注意到，汪晓东一直很庄重的样子，下飞机时，他还对机舱口送别的空姐微笑一下，口齿清楚地说："谢谢！"

走出候机大厅，小庞和汪晓东走在前面，他俩的警用手铐子连在一起。

王志强踢了汪晓东屁股一脚，"没想到你小子今天成了文明人，还知道说谢谢啊！"

汪晓东回过头来，郑重地对王志强说："谢谢！"

冬天的海峡

在祁斌的人生经历中，中学成了陈旧的日历，那些日历翻一页撕一页，最后不知道丢到什么地方去了。40 岁那年冬天，祁斌乘飞机飞过横跨欧亚的伊斯坦布尔博斯普鲁斯海峡，他一直从舷窗向下望，稀薄的云雾下是凝重的海湾，波光粼粼，忽隐忽现。祁斌的心沉重起来，仿佛日历被重新翻了回来，一下子回到县中学那个简陋的教室里。那些被多次晾晒的日历，字迹依旧清晰可辨。

中学时祁斌喜欢地理老师，老师姓石，叫大戚，清瘦而文弱的样子，每次上课他都要花很多时间在黑板上写工整的板书。一开始祁斌很不习惯，认为石老师浪费了学生的时间，然而一个学期下来，他已经踏踏实实喜欢上了地理，后来，祁斌读本科、读硕士、读博士，他再也没见过这样的老师，上课就一支粉笔，而且，他从不戴手表，讲完课下课铃声随之响起，最多也就提前一两分钟。

“博斯普鲁斯海峡是连接黑海和马尔马拉海的通道，与达达尼尔海峡一起组成黑海海峡，东经 29°，北纬 41°……”没人愿意背那些拗口的地名，可不知道为什么，祁斌居然清楚地背了下来。博斯普鲁斯海峡、达达尼尔海峡……入职之后，祁斌走遍了五大洲，足迹遍布世界遗产地理遗址，他的脑海里经常出现那个海峡的名字，甚至在读长篇小说《英国病人》时，对女人颈下、命名博斯普鲁斯海峡的那个拇指大的凹处都记忆犹新。

在巴黎郊外的一次晚餐中，祁斌和同学大龙说：“我们石老师讲了一辈子世界地理，可他从没出过国门，我飞过土耳其上空的时候，耳边响着他的声音，顿时觉得心里难受。”大龙说：“你的感觉我也曾有过，在安第斯山宿营那次，不知道为什么我流泪了。”祁斌说：“我想，我们应该为老师做点什么，尽管他只是一个普通的中学老师，可不可以通过 IGU（国际地理联合会）邀请一下老师，搞了一辈子世界地理教学，应该出来看看。”大龙说：“没问题，我们一起努力！”祁斌高兴地敬了一杯酒，顺便说：“我听说秋颖北师大毕业后回去了，也教地理。”大龙诡异地笑了，说：“我就知道嘛，你是不是曾经琢磨过秋颖？”祁斌连连否认：“怎么可能、怎么可能，现在大家都结婚生子了。”

事实上，当年的秋颖如和煦的春风唤醒了祁斌沉睡的青春，他清晰地记得秋颖读博斯普鲁斯海峡的发音。只是时过境迁，人生不过是选择或者说被选择的河流罢了。

大龙还是信守承诺的，真的把信函发给石老师所在的那个偏远的县中学。石老师欣然接受，填写了表格，可惜，石老师不具备参加会议的基本条件，他没在国际刊物上发表过论文，也没有被认可的科学发现，他只是一个普普通通的中学老师——包括秋颖。

祁斌接到大龙的信息，知道了实情，当时，他正忙得焦头烂额，觉得尽到心意也就罢了。

一个冬天的夜晚，祁斌在机舱里读书，随意打开遮光板向下望去，又是博斯普鲁斯海峡，那里仿佛成了天上的银河，海峡两岸狭长地带星星点点，闪闪烁烁。祁斌的心“忽”地下沉了。那个海峡在希腊语中是“牛渡”之意，好像自己成了传说中的宙斯，变成一头雄壮的神牛，驮着一位美丽的人间公主，游过波涛汹涌的海峡。

在橘园美术馆后街的写字间里，祁斌把自己的感受讲给大龙，大龙缄默了。他说：“你真想请石老师出来走一走？”祁斌说：“当然，不过纯旅游他是不会接受的。”大龙说：“这个简单，我们俩注册一个地理学会，再以学会的名义邀请他不就行了吗！”祁斌恍然大悟。他并没有拍脑门或者跺脚，只是平静地说：“好啊，注册费以及老师出国的所有花费都由我承担。”

冬天过后，自然就是春天了。新注册的国际地理教育研究会向石大戚老师和秋颖老师发去了邀请函，并注明甲方全资资助乙方考察世界地理，时间地点均由乙方决定。

大概一周之后，祁斌突然接到了秋颖的电话，秋颖语气平和地对祁斌说："谢谢你的良苦用心，不过，石老师已经过世了。"

秋颖和祁斌加了微信，秋颖将石老师手绘的书稿发给了祁斌，那个书稿不是为发表用的，是他自己编写的纪念册，名字叫《我的学生和我的祖国》。纪念册首页是一个中国地图，每个省都贴着学生的照片，32 个省市自治区都有他的学生代表，翻着翻着，祁斌的眼睛一片迷离。那一过程中，祁斌十分关注自己，他已移居国外多年，他会在那个图册里吗？如果在，他被安放在哪里呢？图册的最后，终于找到祁斌的照片和名字——他被石老师安放在了母校的位置。

帮帮忙呗

小青第一眼看到老庞，就知道他租房的目的。小青故意说：“您老这样的情况，我也不太好办呀。”老庞的眼睛里生出一线希望的光芒，他说：“姑娘，帮帮忙呗，我身体很健康，能自理，不会糟蹋你的房子。”

其实房子不是小青的，她只是管理者，说是客户经理更准确一些，她替房主招揽租房客，完成月度指标拿基础工资，超额部分拿提成。这个月还剩两天，而她正好差一户就才达到月度指标。

老庞的确是个特殊的租房客，他 83 岁了，预计自己活不过两个月，他不想“老死”在那座繁华地段的大房子里，那样，房子就落价了，他还想给在国外生活的女儿留一笔像样的财产。几个月来，他到处租房子，打电话时说得好好的，可见了面，对方或直接或委婉地都拒绝了他，就在老庞灰心丧气时，他看到了“经典生活”公寓的租房广告。

然而，老庞的意图瞒不过小青，小青毕竟在这个行业里干了十多年，什么稀奇古怪的事儿都见过，何况老庞那点小把戏。小青看了看老庞的登记表说："老先生您以前还当过医生呀，可我不明白，您为什么只租两个月？老庞说，啊……要不，先租3个月也行。"

小青说："算了吧，您就先租两个月吧，等合约到期，想续租再说。"

老庞连忙向小青鞠躬道谢，占了大便宜一般。小青暗自一笑，她心里早有了盘算。虽说房子不是自己的，也不能随意糟蹋。她不会让老庞"老死"在房子里，她会对楼下的保安特别交代，一旦有了情况，立即呼叫120送老庞去医院，这样，他们两人的问题都解决了，谁也不占谁的便宜。

老庞生怕事情有变，连忙付了全款，还颤颤巍巍地在租房合同上签下名字。

老庞搬了新居，他的心情似乎也发生了变化，每天下楼去活动身体，门卫总是热情地跟他打招呼，他还经常碰到小青，小青剪头发了，换衣服了，他都十分关注。小青对老庞也很关注，鞋带开了，纽扣掉了，拐杖螺丝松了，需不需要捎带新上市的水果等，她都主动帮忙。一晃两个月过去了，老庞预期的事情并没有发生。

"我想再续租两个月。"老庞对小青说。

小青说："恐怕不行了，这个月正赶上外地毕业生集中就业，房子都签约了。”老庞不高兴了，说：“好了，我可以续租的。”

小青说：“续租可以，但要提前预订。”

“我不管，反正我不搬走。”老庞孩子气地说。

那天，老庞的心情不好，感觉身体也随即发生了变化，一点食欲都没有，一直到了晚上他才冲了一杯奶粉，喝了之后，老庞想，也许自己的大限就在今天晚上。

晚上10点多，小青来敲门，老庞磨蹭半天才把房门打开。小青一脸疲惫地坐在椅子上，喘过气来，递给老庞一纸合同。“我好不容易给您老掂对出来，再租两个月吧。”

老庞望了望脸色苍白的小青，有些心疼地说：“你脸色挺难看。”

小青说：“可能是累的，没事儿，休息一下就好了。”

老庞接过合同，又看了看小青，突然改变了主意，他觉得小青这个姑娘挺好的，他不想连累她了，本想把事情的原委告诉小青，想了想还是不打算节外生枝了。老庞对小青说：“你是个好姑娘，我挺幸运能在生命的最后时刻遇到你，小青啊，能麻烦你送我去医院吗？”

小青一愣，问：“您怎么啦？”

老庞说：“我不行了，也就这几天吧……”

“没有啊，我看您挺好的。”

“你不用安慰我，我对自己的情况最清楚……能麻烦你吗？”

小青安静地瞅着老庞，犹豫一番，最后还是对老庞点了点头。

小青送老庞去医院那个夜晚还是出事了，小青的轿车撞到了立交桥的胶墩上，小青醒过来时，发现自己躺在医院的病床上。

护士告诉小青，车祸不严重，人没受伤，她进医院是因为突发心脏病，也就是大家说的猝死，如果不是抢救专业加上时间及时，小青早就离开了人世。“你挺幸运的，你爷爷是个医生。”护士说。

“他在哪儿？”

“你爷爷？”

小青迟疑着，点了下头。

“应该在医生办公室。”

“他怎么样？”

“他没事儿……”

小青的眼角静静地流出了一行清泪。

演　讲

那是一个寒冷的冬天，漂亮的宋嘉老师敲开了范良家的房门。从宋老师肩头沾的雪花判断，范良知道外面下雪了。

“我是宋嘉老——老师，你妈妈请——请的课外辅导员……”范良沉默着，双眼发直地盯着宋嘉看。宋老师说：“对——对不起，我没有嘲笑你的意思，我也口——口吃。”

范良转身回屋，默默走到台式电脑书桌前，把“超级玛丽”关掉。

宋老师坐在书桌旁的椅子上，范良坐对面床边。宋老师说：“好，我们先彼此介——介绍一下，之后，整个假期我们就一起——学习了。”

范良的脸渐渐涨红，嗫嚅着：“我叫范良，红——红岩小学五年四——班……”宋老师说：“这个我知道，说说你的特——长吧。”范良沉吟一下，嘴角掠过一丝笑意，他说我喜欢养小动物……宋老师循着窸窣声向窗台望去，果然看到笼子里有只眼红毛白的兔子。“我喜欢纸板拼图……还喜欢……打游戏”，宋老师点了点头，说：“讲讲你怎——么养小白兔吧！”

范良大概觉得有些意外，他观察着宋老师的表情。宋老师说：“不急，我们有很——很多时间补习……现在，我对养小动物很——有兴趣。”

范良的手指不停地在床头木板上敲动，说：“我有两门主课挂——科了……”

宋老师说：“我知道。”

“而——且，我逃课半个多月……”

“这个我也知道……我还知道，学习对——你来说，一点都不是问题。”

范良笑了，他走到窗边，一边指点一边介绍着，他似乎忘记了口吃，还算流畅地讲了起来。宋老师一言不发，只是笑眯眯地看着他。

“你——讲得比我流利多——多了。”宋老师说。

“什么？”

“你讲的时候，没——有口吃。”

范良的脸倏地红了。

宋老师说：“这样吧，咱们约——约定，以后你给我讲怎么养——养小动物、拼图和游戏，我给你辅导功——功课。”

“可——可是……”

“这样，公——平。”宋老师坚定地说。

那个暑假对于范良来说是充实而快乐的，转眼9月份开学，他甚至没做好和宋老师正式告别的准备，那个假期就结束了，好在范良的补考成绩令人惊叹，算是他对宋老师的回报和致敬吧。

除了成绩之外，范良的面貌也焕然一新，班级所有人都知道，一向敏感、羞涩的范良从不提问，也从不回答问题。初秋时节的一堂物理课上，范良突然提问了："老师，那个问题您讲错了。"

"错了？什么错了？"

范良又嗫嚅了，"公——式推——导错了。"

物理老师笑了，"范良同学，你到前面来给大家演算一下吧！"

范良气馁地坐了下来，接着他又站起来，走到黑板前。范良的讲解不算流利，但思路却是清晰的，最后他汗津津地说："你们可以笑，笑我口吃，但我们不能放过差错。"

课堂里安静下来。"啪啪啪"，物理老师带头鼓掌，随即，课堂里灌满了掌声。

高二时的初秋，范良回家很晚，进门抽着鼻子，知道母亲做了他最喜欢吃的西红柿烧牛肉。范良换拖鞋时随便扫了一眼电视，电视播放的是教师节特别节目，宋嘉老师正在接受主持人采访，她温和亲切，口齿流利。范良扔掉手包，咣当一声把自己关进房间。母亲喊他吃饭，好几次都没回应，母亲站在电视前看了看，把电视关掉。

夜里，母亲把加热的饭菜放在书桌上，她轻轻在范良宽大的校服上拍了拍，说：“宋嘉老师小时候真的有口吃，可她对我说过，没有什么不可能！”

母亲离开，范良想了很久，他眼圈里含着泪花，对着夜窗映衬出的影子郑重地点了点头。

20年后，著名医学专家范良教授在公益大讲堂演讲，他的演讲生动流畅，真诚亲切，是大讲堂最受欢迎的主讲者。

这天是他第100场演讲，偌大的会场里座无虚席，聚光灯下，范良西装革履，精神饱满，他的演讲，仿佛乘着春风的翅膀，从浩瀚无垠的大海掠过，飞过森林、河流、田野……突然，他看到台下一位似曾相识的老太太，灯光下，老太太满头银发熠熠生辉。范良的心鼓点般地跳跃着。演讲接近尾声，他饱含深情地说：“这些年来我一直记得小学时，我敬佩的一位老师对我说过这样一句话——爱的前提是平等，爱需要尊重！”

在热烈的掌声中，范良走到台下，他向银发老太太深深地鞠了一躬。

范良讷讷着：“真的是——您，宋嘉老——师吗？”

对方眼里闪烁着晶莹的泪花：“是的，是——是我！”

写作课

教室还算宽敞明亮，只是显得旧一些，如同掉了漆的木盒子，还有就是隔音不好，隔壁教室脚踏琴的踏板声和琴音断断续续钻了过来。

顾老师用手指梳了梳搭在头顶那稀疏的长发，挺胸走上讲台，信心十足地微笑着。

这是一个阴雨天，学员竟比平日还齐整，环顾一双双期待的眼睛，他清了清嗓子，大声说："今天是个特别的日子，我们的写作课增添了新鲜血液，她就是——"顾老师五指并拢指向了后排的角落。学员们转身、转头，齐刷刷地看过来——小迪！

顾老师咳了一口痰，包在手纸里，继续充满热情地说："小迪今年才 27 岁，是我们写作课开课以来年龄最小的一位，大家要呵护好这棵天才的幼苗啊。今天，小迪将给我们分享她的小说构思，下面，让我们以最热烈的掌声欢迎小迪！"

小迪有些忸怩地走到台前，先是谦虚客气了几句，接着就讲起了她虚构的小说，她想写的小说叫《阴魂不散》。故事的大意是，一个女孩得了一种怪病住进医院，各种检查都很正常，可她还是头痛欲裂。医生找不到病因，也无法为这个病命名。奇怪的是，一周之后女孩逐渐自愈，同时她突然有了特异功能，可以支配自己的意识钻到任何一个人的身体里。于是，女孩开始随心所欲地周游世界了。她游荡的灵魂先是钻入她崇拜的男明星妻子身体，尽情地享受偶像的爱抚和激情。曾经在幼儿园工作的王老师说："哎哟，太浪漫、太刺激了。"顾老师说："学员谈构思时最好不要打断。"小迪接着说："女孩享受了情爱之后，她又想到了金钱，她选择一位财富排行榜上的民营企业家，开始随心所欲地大把大把花钱，花到企业家身边的人都目瞪口呆。""花了多少钱呢？"银行保安岗位上退休的李大爷问。顾老师说："具体数目不重要……我不是说过了吗，谈构思时最好不要打断。"小迪接着说："女孩的胃口越来越大，她突然想过一下权利瘾，于是进入一个高官的身体里，主持会议，教训下属，批土地、批项目……"当过出租车司机的张师傅大声喊："好，这个过瘾！"顾老师正要阻止，发现下面议论纷纷，三三两两地讨论起来——小迪没想到自己的构思竟引起了这么强烈的反响，她胸部起伏，脸有些涨红。

参加写作课之前，小迪一直在医科大学附属医院药局工作，她从未想过自己得病的问题，一次单位例行体检，发现她身体隐秘的器官不太正常，深入检查之后，确诊是卵巢出了问题，就是人们常说的得了不好的病。医生的判断是，小迪活不过6个月。小迪在短时间里走过了意外、惊恐和绝望的心路历程。病休期间，她脸色苍白，神情恍惚，漫无目的地游走，鬼使神差地走进一个童年熟悉的居民大院，看到了宣传栏里关于写作课的通告。

小迪继续讲她的构思，她说，女孩经历了人间的高峰体验之后，她开始觉得美色、金钱和权力都不过尔尔，她的境界慢慢升华，于是，她再进入富翁的身体里不再是挥霍而是做慈善，将大笔钱用在该帮助的人身上。再成为“高官”时，她维护正义、主持公道、遵纪守法。最后，女孩钻到父亲的身体里，从母亲的角度理解母亲；钻到母亲的身体里，以父亲的角度理解父亲。原本误解、隔阂的老两口儿开始相互检讨，表达爱意……小迪讲到这儿，教室里传来了哭声，张师傅一边哭还一边用多年握方向盘的有力大手拍打桌子。悲痛瘟疫一般在房间里交叉感染，哭声连成了一片。

顾老师也哭了，他大声问：“大家说小迪是不是天才？是不是？是不是？”大家喊着：“绝对的天才！”顾老师过来紧紧地握着小迪的手说：“谢谢你小迪，你是写作班的骄傲，是我们大家的骄傲，希望你多给我们写好作品，用你创造的精神财富去激励人、鼓舞人、教育人。拜托了小迪！”小迪十分感动，也泪流满面。

散场了，安保经验丰富的李大爷和洋溢着幼儿般天真的王老师最后一个离开教室。李大爷说：“小迪讲的故事你都听懂了吗？”王老师说：“当然了，你听不懂说明你笨。”李大爷说：“别吹牛了，我不信你全能听懂。”王老师说：“听懂多少不重要，要我说啊，今天非常有意义，大家都理解顾老师好心肠，都配合得挺好。”李大爷说：“其实大家也都挺善良的。”王老师说：“就是就是。”李大爷突然嘘了一声，蹑脚向走廊里瞄了瞄。王老师说：“干吗呢？神经兮兮的。”李大爷说：“小声点，隔墙有耳，尤其不能让小迪听见。”

小迪真的相信自己有写作的天赋，每天都在不停地写啊写。半年后，医院催促小迪去复查。结果出人意料，“不好的病”居然不见了，不知道是传说中的人体自愈，还是本来就是诊断有误。小迪虽然在医院工作，那也不敢保证医院就没有误诊的时候。

7 年过去了，小迪还在不停地写啊写，她并没有写出成就，也没有产生过重大的影响。不过小迪说，她绝不放弃。

公交车上

华子一直乘坐 15 路公交车上下班，太阳升起出门，太阳落下回家，一转眼 10 个寒来暑往。地铁开通之后，公交车不再拥挤不堪了，华子也松了口气，对那个混合浓厚气味的长方形盒子也不那么厌恶了。

这天是周五，华子心情不错地上了车。车内照例老年人居多，令他眼前一亮的是，车厢前部竖排的座位上坐了一个女孩，女孩穿淡绿色的裙子，给人荷风清爽的感觉。华子没往车厢后面走，就停留在女孩对面，一手拉着防晃杆，一边望着窗外。当然，华子也没有完全望着窗外，他用眼角扫描周边的环境，若无其事地打量着身前的女孩，有的时候甚至和女孩的目光相遇，他显得腼腆而犹疑。

与华子相隔 3 个横排的座位上，老邱从华子上车就注意到了他，他朦胧地感觉到华子也注意到了他，但是华子没走到他身边，而是停留在年轻姑娘的身边。老邱坐公交车还不到 20 天，他坐了10年专车，车改之后才开始坐公交。老邱认为，华子应该是认识自己的，在偌大的机关里，工作人员他不一定都熟悉，特别是新来的年轻人几乎都不认识，但大楼里的人都认识他，他觉得华子也一定认识他。说起来，老邱对华子也不熟悉，只知道机关里有这个人，应该在业务处室里工作吧。老邱想，华子上车后对整个车厢环顾了好几次，他不可能没看到自己，也应该认出了自己，那他为什么没过来打招呼？按常理，但凡认识的人在一个有限的公共的环境里相遇，都会主动凑到一起，都会本能地“归类”。也许这个年轻人有了误判，认为我老邱不可能认识大部分机关工作人员，而他就在不认识之列。很显然，这个年轻人的判断是不对的。

接下来，老邱的注意力几乎都在华子身上，他发现华子的注意力在女孩身上，女孩不经意地转头，华子都会迎过去，他想跟女孩搭话，却欲言又止。

商业广场站到了，女孩站起来，动作利落地向车门走去，华子有些失望地看着女孩的背影。公交车再次启动，华子这才向老邱注目。华子快速走到老邱面前，笑吟吟地说：“领导好，您也在车上啊！”老邱不自然地点了点头，也许脸上挂了点笑容，但那笑也是僵硬的。

华子主动向老邱介绍说：“我叫方华，在业务二处，大家都叫我华子。”老邱对华子说：“我认识你，你在机关也很多年了吧？”华子说：“10年。”

到站了，华子礼貌地给老邱导引，陪老邱下了车，走到机关大院门口，老邱还回头对华子点了下头，说："再见。"

那天上午开一个长会，老邱多次脑袋溜号，其中，他回忆了公交车上的经历，华子在女孩面前的样子历历在目。老邱想起一位退休的老领导跟他说过的话，出差最能考察干部，有的时候在一起工作很多年都发现不了问题，出差在一起近距离接触，缺点和毛病就暴露出来了。公交车那个封闭的空间里是不是也一样呢？想到这儿，老邱意识到，华子在公交车里的模样确实有些猥琐，猥琐的背后一定有人品问题，起码是意识不纯洁。

一个月后机关开展中层干部竞聘，华子竞聘业务二处的副处长。华子在台上演讲，老邱在领导席听，实事求是地说，华子的演讲很精彩，远超过很多竞聘者，尽管老邱也认可这一点，不过同时他又想，很多时候人都表里不一，表达得好不等于思想境界好，说得明白不等于做得漂亮，好在自己没有被表面现象迷惑。说起来还得感谢公交车，公交车上的一个细节让他透视了一个人，细节往往会告诉你真相。

老邱虽然没有一票否决权，但他的权威足以左右竞聘的结果。

没有不透风的墙，华子得知自己晋升机会断送在老邱那里，他百思不得其解。下雨那天，公交车上的华子又想起了老邱，他们之间从没打过交道，他怎么会跟自己过不去呢？对了，华子想了起来，他和老邱在公交车上有过一面之缘。华子开始复盘公交车上的一幕，哪天他记不清了，他上车时没有看见老邱，先是见到一个长得像小区外药店里的女孩，有一次买药回家，华子发现自己买的药片 10 毫克变成 20 毫克的。本来华子想去药店换药，由于不影响吃药，一来二去就忘了。看到公交车上的女孩，华子一下子想起药店的女孩。从正面看女孩就是药店的小服务员，可从侧面瞅又有些不像，华子本想问女孩又怕认错人尴尬，不问又觉得错失向女孩解释的机会……女孩下车之后，华子发现了老邱，他立即走到老邱身边，主动问候、说话，还礼貌地护送老邱下车。

华子反复想，自己不应该得罪老邱呀！

说　事

凯子正在桑拿热水池里泡澡，服务生告诉他手机响了。凯子随口说：“你给我拿过来。”服务生瞅着他笑，他想起钥匙还套在自己手腕上。

过去的一些年，凯子是个大忙人，即便洗澡的时候也有业务要谈，近一段时间十分萧条和冷清，有时候一天都没一个电话，尽管如此，凯子还是保持原来的习惯，手机没同衣服一起放在存储柜，而是放在浴池的便利箱里。

电话是包老板的助理小宋打来的。小宋问：“凯子在本地吗？”凯子说：“在啊，有事啊？”小宋说：“不是我，是我们老大找你，让我问问你在不在，他好像要请你吃饭。”“请我吃饭？”凯子愣了一下，包老板起码有一年没和自己联系了，怎么突然想起我了？凯子连忙说：“好啊好啊，代我谢谢老包！”放下电话，凯子对自己不太满意，觉得自己没控制住兴奋的心情，过于草率地答应了。按理说，凯子起码要问问包老板为什么事请客，包老板那样精明的商人不会闲着没事找你吃饭的。

凯子光溜溜地从池子里出来，跨过池子沿儿时脚下一滑，手机从手里飞了出去。好在手机没落到池子里，落到地面瓷砖上的手机也浸满了水。凯子对服务生喊：“手机进水了，快给我拿条干毛巾。”服务生走了过来，对凯子说：“手机进水要立即关机，最好用电吹风吹干。”

那天下午，凯子庆幸自己没开手机，都是天意，他这样想。如果包老板的助理打来电话约定晚上吃饭，那他就没有思考和回旋的余地了。

凯子的名片上有很多“职业”，实际上那些都是虚衔，凯子靠帮人办事儿赚钱，好听点儿说属于自由职业者。按当地的话说，他干的行当叫“说事儿”。过去那些年，凯子非常忙碌，也很抢手，谁家孩子上学找学校，老人生病找大夫，学生毕业找工作，车被扣了找交警，欠款官司找法官，工程项目找领导，甚至死人火化第一炉找火葬场的关系都少不了他的身影，他就是扑克牌里的“混儿”，无论哪种牌法儿他都成了“能章儿”。

任何事的兴衰都有周期性，“说事儿”的黄金时段已经过去，找凯子办事的人越来越少，找他算旧账的反而越来越多，也就是为以前没办利索的事儿擦屁股。前不久，老李和老王都找他算旧账。前年，老李和老王因货款纠纷打官司，先是老李找了凯子，凯子收了老李的钱，帮老李在县法院打赢了官司。后来，老王托人找到凯子，凯子又收了老王的钱，帮老王找市中级法院的关系，二审中老王赢了老李。老李不服，又找凯子到省里想办法……他俩的官司打了三四年，两人上了船就下不来，“不蒸馒头争口气”，最后都耗得筋疲力尽、弹尽粮绝，官司仍悬而未决，其实是不了了之。谁想，老李和老王打官司，两家的孩子因此认识了，转来转去还谈上恋爱了，在两家老人的阻挠和高压下，俩孩子来个先斩后奏，不得不补办了婚礼。老李和老王这才坐在一起，讲起杀敌一千自损八百的官司，两人喝得酩酊大醉，抱头痛哭。酒醒之后，老李突然想起了什么，问老王找凯子的经过，老李也讲了找凯子的经过，两人如梦方醒，骂凯子王八犊子，一起去找凯子算账。当然，凯子是不会认账的，仿佛魔术铁箱脱险一般，摆脱老李的缠功和老王的八卦掌，将老李和老王的电话加入黑名单，与他们开展了持久的游击战。

想到包老板，凯子心里咯噔了一下，会不会也是找他算旧账的？两年前一个雨天里，也是包老板的助理给他打的电话，凯子信心满满地去赴约。包老板在游船上请凯子喝酒，一个充满诗意的场合谈论的却是实实在在的交易。包老板想请凯子帮忙，请税务局刚刚退下来的稽查科老曹当公司的财务顾问。包老板塞给凯子一万块钱，说：“如果事情办成了，给你这个数。”包老板伸出 3 根手指在凯子眼前晃了晃。凯子情绪高涨，发誓一定把事情办好。那天晚上，凯子真是酒逢高兴千杯少，下船时扶在湖边栏杆连呕带吐，不知道湖里的鱼儿是不是也醉了。

醒酒之后，凯子觉得自己不该草率地打保票，包老板所以找他帮忙请曹科长，一定是在曹科长那里碰了壁，不为难是不会花那么大的代价找他“说事儿”的。凯子从侧面一打听，正如他预料一样，包老板找了很多人做曹科长的工作，曹科长始终没答应。大概毛科长也预料到包老板的意图，还有一种可能就是待价而沽。曹科长是税务局里的“业务大拿”，什么猫腻都逃脱不了他的法眼，那些年老包在曹科长那里也吃了不少亏，他所以不计前嫌请曹科长无非是想“师夷长技以制夷”，且不说利用老曹的余威和人脉，仅避税的技能也足够老包受用的了。凯子没有正面去和曹科长接触，他从曹科长的儿子和老伴身上下功夫，用了差不多一个半月的时间才兑现了承诺。本来，凯子以为包老板会摆局隆重地谢他，包老板没再见他，而是让他的助理将“业务费”打入他的银行卡。及时、足额。包老板的算盘打得不错，可曹科长会全力以赴配合吗？如果曹科长那里出了什么问题，总不至于也赖到我这个中间人头上吧？

凯子从桑拿间出来已经华灯初上，他打开手机试着给包老板的助理打了一个电话。凯子说：“麻烦你转告包老板，我去西北出差。”“不对呀，下午你还说在的。”“在是在，我明天早上出发，上午的飞机。”“你只要在就行……”凯子觉得对方的声音从身边和电话的两个方向汇聚而来，他扭头一看，发现包老板和他的助理站在黑色的加长轿车前，将他逮个正着。

凯子一直绷紧神经，坐在豪华酒店的桌子旁咽了口唾液。

老包说："今天我要请你喝点好酒，好好感谢感谢你。"凯子紧盯着老包的表情，判断老包说的是真话还是假话。老包说："我承认，我当初请曹科长的动机不纯，中间也对曹科长多有抱怨，可一年多时间，曹科长帮我规范了整个财务，算大账我可赚大了，而且，还不要工钱。感谢曹老，也不能把你这位出过力的人给忘了……"凯子盯着老包，确认老包是真诚的，这才觉得心头一热。"说事儿"这么些年，还第一次听到有人这样感谢他。

包老板的助理把两瓶酒放到配餐桌上，凯子看在眼里，心想，今天可不能喝多了。

致　辞

老路一大早就去敲高老师房门，他有十足的耐心，每隔几分钟敲 3 下。高老师睡眼惺忪地开了门，转身向屋里走，老路连忙跟了进去。

老路和高老师在沙发上对坐。高老师不耐烦地说："说吧，什么事儿？"老路没说话，只是唉声叹气。一直到高老师彻底醒了，老路才说："还不是让儿子的婚礼给闹腾的，非得让我致辞，老高你了解我，我平时话痨，可到了正式场合，说正经话就不知道说什么了。"高老师说："婚礼致辞，无非是那么个套路，感慨这些年对孩子的养育和孩子的成长，感谢亲朋好友来参加婚礼，最后再嘱咐一对新人要学会感恩，互敬互爱、白头偕老什么的，大抵如此。"老路说："哎呀呀，你说得太好了，可惜我一句都说不上来。"高老师慢慢叼上一支烟，老路连忙去拿打火机，噗的一下火苗蹿出老高。高老师从老路手里拿过打火机，调小了火苗。老路说："我知道你现在是大文豪了，数着字换钱，可我想来想去，还是想请你帮我写一个稿子……这个婚礼，老同学我都请了，不能在这个环节上掉链子。”高老师吸了一口烟，问：“老同学都参加？”老路连忙点头说：“我打过招呼了，除了在国外的老彭和在医院里的老季，都能参加。”高老师瞅了瞅茶几边满满当当的手提袋，斜眼儿说：“怎么还带礼物来啦？”老路说：“请你出马，给你钱你肯定不能要，知道你喜欢喝两口儿，所以就把家里存了20年的老酒拿来了，不值钱，当年买也就几块钱一瓶。”高老师说：“这不好，老同学之间这样就庸俗了，非常之不好。”老路说：“正因为是老同学嘛，烟酒不分家，算不上收买你。”高老师说：“你这个人啊，让我说你什么好呢……算了，说婚礼的事儿吧，我觉得，是该好好讲一讲，别的不说，大家都知道你们两口子为儿子花费了不少心血，省吃俭用供孩子去美国留学，现在儿子学成归来，光耀门庭。”老路说：“说来惭愧啊。”高老师说：“我虽然不能雪中送炭，锦上添花还是应该的！”老路高兴地站了起来，“就是说，你答应帮我写稿子了？”高老师说：“是，致辞。”

高老师答应给老路写致辞，老路仿佛完成了任务，忙着筹备别的事儿，离婚礼不到一周时间，高老师主动给老路打了电话。高老师说：“老路啊，你不要致辞啦？”老路说：“你不是答应帮我写吗？”高老师说：“我写好了，可你一点都不急着要啊。”老路说：“既然你写了，那我还有什么好担心的，到时候我照稿子念不就行了吗！”高老师说：“老路啊，我写的可是赋体。”

老路没听清楚。高老师解释说："赋是魏晋时期的文体，骈文形式，也叫骈赋、律赋。你不知道我下了多少工夫啊。"老路说："我还是不太明白。"高老师说："就是华丽的词汇，讲究的是藻饰和考究的用典，四六字句工整，声律谐协，你不早点熟悉文稿，我的心血就白费了。"老路似乎明白了，他说："那，是不是有些字我不认识？"高老师说："应该很多，所以你要多念几遍。"老路说："你知道我的水平，恐怕……"高老师说："你不认识的字用同音字标出来就行了。"老路说："好吧，谢谢啊！"

婚礼那天，高老师志得意满地出现在婚礼现场，第 10 桌围坐着老同学，很多老同学都跟他打招呼。一个同学问他："听说你给老路写了致辞？"高老师微笑着不置可否。另一个同学说："这回老路可露大脸了，文学巨匠亲自上手，那得什么档次啊。"忙得一头汗的老路走了过来，拉着高老师去前排的 2 号桌，高老师看了看老同学，说："我不能搞特殊化，我喜欢跟老同学一桌。"老路没办法，只好任由高老师坐了。

婚礼开始了。浪漫的音乐，迷幻的灯光，煽情的司仪。几个过场仪式之后，老路在掌声中上场了。追光也罩在老路身上，老路信心满满地对鼓掌的来宾点了点头。老路从口袋里拿出几张稿纸，突然，老路的脸色变了，半张着嘴巴望着的高老师脸色也随之变化了，别人不知道，他清楚，一定是老路拿错了稿子。老路又在口袋里翻了翻，脸色愈发紫红。大厅里静了下来，众人的目光都聚焦到老路身上。老路向台前的老伴打着哑语，大概是没有得到期望的效果。舞台音响师也许意识到出了岔头，调大了音量，一首煽情伤感的音乐回荡在宴会大厅里，老路双手颤抖着拿着稿纸，停顿一番，他眼含热泪举起了稿子——“各位亲朋好友，这个稿子不是我，我的致辞，是一张、一张欠账单，不知道为什么会出现在我手里。这些年，为了儿子在国外读书，我们夫妻俩在亲朋圈借遍了……本来，我们是没这个经济条件送孩子出国读书的，赶潮流，图虚荣，瘦驴拉硬屎……感谢大家不离不弃，还来参加我儿子的婚礼！这里我还要向大家道歉，其实、其实我儿子没毕业……”宴会厅里人们嘁嘁喳喳议论起来。老路泪流满面，他说：“其实我不说很多人也都知道的，我所以今天都说了，就是希望我，还有我儿子能知耻而后勇，把今天的婚礼当作人生新的起点，发愤图强，奋起直追，绝不辜负亲朋好友的信任和期望……”台下，不知谁带头鼓了掌，接着，掌声响彻整个大厅。

第 10 桌上的人都在祝贺高老师，称赞果然是出自大师的策划和手笔，高老师没说话，一行清泪倏地落了下来。

麦　田

晚饭之后，庞老师就在大厅里弹琴，给养老员上音乐课。

可惜到了夏末的时候，听庞老师音乐课的只剩下谢奶奶了。庞老师很守师德，即便谢奶奶一个人他也一丝不苟地弹着琴，讲解着。

“知道贝多芬第135号作品——也就是《F大调四重奏》——是怎么创作出来的吗？那时候贝多芬已经聋了，他咬着棍子，棍子另一头顶在琴上，声音是耳骨传导的，多么了不起，多么伟大啊！”

望着充满激情的庞老师，谢奶奶不住地点头。

金院长单独劝了庞老师两次，本来就是茶余饭后自娱自乐，何必那么教条呢？庞老师冷着脸说：“小金啊，我是音乐家，不是伴奏员，要伴奏放个背景音乐更省事儿。”金院长说：“一开始大家还真喜欢您弹琴唱歌，可您总给人家讲课，就……”庞老师说：“你啥意思？是，我是在中学教了几十年音乐，那并不影响我是音乐家，中学老师就不能成为音乐家？”小金说：“是是，我们都认为您是音乐家，而且是高水平的音乐家，问题是……就像您刚才说的那个《F 大调四重奏》的故事，我都听过七八遍了。”庞老师说：“那是你们没从心里爱音乐，不懂音乐，唉，咱们养老院里，真正懂音乐的只有谢桂云同志呀！”

为了证明自己是受人欢迎的音乐家，庞老师连续两天都跟金院长唠叨：“事实胜于雄辩，你看看我的微博，我已经发了 20 多首作品，看看，我有一千多粉丝呢，为了我的粉丝我也要殚精竭虑，好好创作……”金院长说：“服了服了，庞老师，我真很敬佩您！”

初夏的傍晚，谢奶奶向庞老师介绍了孙女小秋，谢奶奶说：“庞老师，小秋是你的铁杆粉丝，她总在我面前说你了不起，如果机遇好，你会成为世界闻名的大音乐家。”庞老师使劲儿握小秋的手，小秋忍住了没咧嘴。

有小秋在场，庞老师讲得更加起劲儿，讲舒伯特的《鳟鱼》《菩提树》《野玫瑰》，讲李斯特改编舒伯特的《听，听，云雀》。庞老师告诉小秋，他正在创作一首新曲《麦田》，最近有一段卡住了，不知道为什么灵感突然来了，仿佛一扫头顶的阴霾，厚厚的云层里射出强烈的光芒。小秋礼貌地说：“很期待，很期待！”

庞老师新创作的曲子《麦田》要在养老院中秋节联欢会上亮相，在谢奶奶的劝说下，金院长同意做养老员的工作。动员会上，庞老师对大家说：“我新写的这个《麦田》是复调音乐卡农曲，一个声部的曲调自始至终追逐着另一声部，专业术语来说，先行的旋律是导句，模仿的是答句……”金院长插话说：“庞老师您就直说让大家做什么吧。”庞老师说：“《麦田》写的是大丰收的田野……灿烂的阳光下，大片金黄的麦穗，风从麦浪拂过，有甲虫的‘嗡嗡’、蚱蜢的‘瞿瞿’、青蛙的‘呱呱’，还有喜鹊‘喳喳’……大家是一个乐队，我弹主旋律，你们就分别发出甲虫、蚱蜢、青蛙和喜鹊的声音。”养老员听明白了，交头接耳议论起来。也许这种方式具有新鲜感或者娱乐性，好几位养老员表示要试一试。

中秋节前的那个星期天，谢奶奶和小秋下跳棋。“奶奶求你个事儿呗！”小秋抬头瞅了瞅。“再帮一帮庞老师。”小秋说：“我一直在帮他啊，我知道他在为僵尸粉写曲子，我也心酸啊，所以动员十几个同学给他点赞……还有，奶奶您的听力越来越差了，助听器总调那么大音量伤害很大。”谢奶奶说：“也不总开那么大，我心里有庞老师的音乐。”小秋说：“反正我的话你听不进去，看你耳朵全聋了怎么办！”谢奶奶笑了，说：“那我就当贝多芬……对了，今年中秋节联欢会不同往常，《麦田》这部曲子几乎耗费了庞老师所有的精力……反正你们学校外地学生多，不能回家团聚就来我们这儿，欢聚一下，也给我们这些老头儿老太太捧捧场。”小秋白了白眼睛：“奶奶真是老小孩儿了，没完没了地加码，如果答应您这个要求，下次还不知道提出什么呢！”

谢奶奶摇了摇小秋的胳膊，乞求着。“不行”，小秋果断地说。

中秋节那天，小秋还是带着十多个学生，以做义工的方式来参加养老院的中秋联欢会，庞老师看到餐厅里坐满了人，并且据小秋讲，还都是他的粉丝，他满面红光，眼睛发亮，一边演奏一边指挥，气宇轩昂。

出人意料的是，当音乐响起几秒钟后，喧闹的大厅突然安静了，小秋和学生们都沉浸在秋天的旋律里，那里真的有了明丽的阳光、滚动的麦浪、昆虫的交响，仿佛灵魂从麦田里复苏……乐曲结束，小秋还停留在感动之中，几乎忘记鼓掌，她偷偷瞄了奶奶一眼，见她已是满眼泪花。

让 座

那天微雨，在公交车内也能感觉到阵风肆意捶打着玻璃窗。

车内的乘客很多，同往日一样，还是老年人占据较大比例。

北陵公园站到了，又急促地上来一些人。“关爱卡”“夕阳红卡”，机读声音不断传来，最后是“学生卡”，声音传了过来，却不见人，过了好一会儿，一个小平头才冒了出来。小平头上车之后，缓慢地在车内移动，双拐在晃动的车厢里寻找稳定的支点。

座位上的人似乎习惯了给老年人让座的思维定式，没几个人关注拄拐的小平头。那是一张年轻的面孔，脸颊丰润，眉目清秀，额头上散落着水滴——不知道是汗珠儿还是雨珠儿。在立式栏杆把稳之后，小平头挺起胸深呼吸，然后，下嘴唇包住上嘴唇吹了口气儿，眉尖上一滴水珠落了下来——这一切都被一位银发老者看在眼里。

老者坐在中间车门倒数第二排，他穿着干净的灰蓝背心，满头白发无一杂色，连眉毛都是白色的，给人以清癯、硬朗的感觉。老者四下瞅了瞅，没人给小平头让座，甚至看不出有人让座的意思。老者向小平头招了下手，要站起来。老者还没站起来，就被站在他身边的女人摁了下去。女人 40 岁左右，穿宽松衫，戴防晒帽。老者用眼睛白了女人一下，第二次努力站起来，不想，女人下摁的力度随之增大，老者仍旧没站起来。很显然，在这一摁的过程中，老者的情绪发生了变化，他面带愠色，用力站起，可惜，第三次也被摁了下去。

老者改变了方式，不是自己用力站起，而是发力将女人推开，这次，他终于站了起来。站起来的老者跨出两步，拉着小平头去坐他坐过的座位。

小平头谦让了一下，还是坐了下来。他大概真的累了，腾出的手不停地在额头擦来擦去。

老者瞅了女人一眼，女人扭过头去，她的脸色很难看，老者也扭过脸去，不理睬女人。

小平头是在辽宁大学车站下的车，老者还搀扶了小平头一下，小平头对老者连说谢谢，车门关闭，小平头还面对车门站着，这时，外面的雨点儿也密集起来。

老者摆了摆手，小平头没动，只是直挺挺在雨中站着。

公交车继续前行。老者坐过的位置没人去坐，女人过来搀扶老者坐下，没好气地数落开了：“你说你，车上这么多人，按年龄你不说最大也排在前边，怎么就显着你了，啊？”“你当英雄好汉倒是痛快了，我的责任可大了，你有个好歹，倒霉的是我、是我，知道吗？”“真气人，气得我这胸口都疼，你说你，怎么越老越不懂事儿呢……”

数落过程中，车内逐渐安静下来，有人甚至偷偷拿出了手机。老者四下观察着，他的面子有些挂不住了，突然雷霆爆发，大吼：“把你的臭嘴给我闭上！我怎么啦？我做好事不对吗？我帮助该帮助的人有什么错？你什么身份啊，你有什么资格来教训我？……你给我闭嘴！”

女人哑然失声，眼圈儿有些发红，此刻，正好赶上停车，女人头也没回，“噌”地下车了。

公交车继续开动。人们的关注点聚焦到老者身上。一位身穿运动服的老头儿说：“看你的样子像个老干部。”老者不置可否。一位穿大花衣服的老太太问：“那女的是你什么人呀？这么没礼貌。”老者说：“我家保姆。”这样一说，大家你一言我一语地帮老者声讨起来：“一个保姆，也太过分了。”“要好好教训教训她，还想上房揭瓦咋的？”“一点公德都不讲，现在的年轻人都怎么啦？”“要是我啊，回去我就让她走人！”

老者没再说话，他默默地看着大家，眼睛里仿佛滑进了幽深的岁月。

老者是在“三台子”站下车的，下车之后，他把胸前挂着的老花镜套在耳朵上，外面的雨越下越大，老者就站在公交车站雨搭下避雨，同时，拿出了手机，笨手笨脚地编辑着信息：“小陈对不起，我实在不该跟你发脾气，我向你道歉。这件事，先是你不给我面子（我老了，可我也要面子），后来是我不给你留情面，我们俩都有错，但主要是我的错，我知道你是为我好，是好心，你平时为我做了那么多，都是我不好，我做得不对，请你无论如何都要原谅我这个固执的老头子……老赵。”信息还没发出去，老赵又补充了一段：“另外，你打出租车回来吧，车钱我给你报销。我会在家一直等你。”

发过信息，老赵又犹豫了，想了想，还是把信息删除了。

公交车站距离老赵家并不远，隔着雨幕，抬眼就可以望到那片居民楼，望到五层露台上放着的花盆。突然，老赵看到家里的灯亮了，与此同时，他心里也感觉亮堂起来。

金　蛋

周三早晨，春雨缠绵，鸡汤婆和表情婶照例在长途公交车站见面，她们相约去东乡农舍买鸡蛋。

鸡汤婆和表情婶住在同一个社区，她们是跳广场舞认识的，后来私底下交往频繁，渐渐成了每天都联系的密友。“鸡汤婆”是表情婶给起的外号，“表情婶”的称谓来自鸡汤婆。常说民间有高人，别看鸡汤婆和表情婶都退休赋闲在家，玩起智能手机却不落后。从鸡汤婆微信的“个性签名”就可以看出端倪——人不能活在假象里，也不能活在真相里，要活在希望里。她每天都精心筛选并转发“心灵鸡汤”一类的段子或者图片。表情婶似乎不喜欢筛选而更喜欢创造，面对鸡汤婆推送过来的图文，每每都用表情符号回复。使用表情符号方面，表情婶颇具天赋，由开始的成语游戏发展到后来的组词造句。当然，有的时候表情婶会觉得鸡汤婆推送的段子有些甜腻，而鸡汤婆会觉得表情婶的符号组合像猜谜语。

见了面就好办了，还是传统的口语交流。表情婶说：“超市里的鸡蛋又涨价了，尤其是农家鸡蛋中的金蛋，一斤超过了10块钱。”鸡汤婆说：“钱不是主要的，关键是咱可以从鸡屁股底下拿蛋，新鲜又放心。”

“从城里跑到农村，就是麻烦一点。”

“反正咱闲着没事儿，权当看风景了。”

“哎，你说为啥有的鸡蛋叫金蛋呢？”

“可能是营销宣传需要吧，农家鸡蛋中最好的叫金蛋呗。”

“金蛋，乍一听还以为蛋里有黄金呢。”

“嘻嘻，如果金蛋里真有黄金，吃了还不中毒了？”

“咱买的农家蛋算是金蛋了吧？”

“拿到超市里也得叫金蛋。”

鸡汤婆和表情婶在东乡农舍家买鸡蛋主要是自己家吃，消耗量有限，十天半个月去一趟就行。谁知胃口吊起来就下不去了。开始只要农家蛋就行，后来又亲自到鸡舍前拿鸡蛋；开始时一个月买一次就行，后来为求新鲜度，必须每周拿蛋。这样，每周三就约定俗成地固定下来，成了鸡汤婆和表情婶的结伴购物日，一到周三，长途公共汽车上会出现一高一矮、一胖一瘦两个大妈。鸡汤婆个子偏矮、胖乎乎的；表情婶个子高些、干瘦干瘦的。出发时她们郊游一般说说笑笑，归来时脸上挂着收获后的疲惫。

一晃大半年过去，眼前秋雨如烟。

门厅的灯光下，鸡汤婆正准备外出的物件：保温杯、雨伞、双肩包……明天又是周三。可是到了晚上 10 点，表情婶一点声息都没有，以往她总是微信确认一下，比如问身体怎么样，明天是否照常；比如提示天气情况，戴帽子、雨伞什么的。鸡汤婆主动给表情婶发了微信，表情婶立即用表情符号回复——不去了。鸡汤婆问为什么，表情婶仍用表情符号回复——不去了。无奈，鸡汤婆给表情婶挂了电话。

电话接通，表情婶就一口气不换地抱怨开了，她说："咱俩都上当了你知道不知道哇？咱俩买的鸡蛋根本不是什么金蛋，别说金蛋了，连真正的农家蛋都不是，而是农民提前一天到城里超市买的鸡蛋放在鸡窝里的！咱从城里大老远地跑到乡下，买回来的鸡蛋可能就是家门口超市里的鸡蛋，走了冤枉路多花了冤枉钱，你说咱傻不傻？我看咱就是脑袋进水了。还有那个长途公交司机，整天拉着农村大娘进城买鸡蛋，又看着城里大妈出城下乡买鸡蛋，心眼儿歪着哩。我以前就觉得他的眼神儿古怪，他一定嘲笑咱这些出城买鸡蛋的人，可又见怪不怪不肯戳破……"

"你是怎么知道的？"鸡汤婆问。

"这个你不用管，别说我没提醒你啊。反正我再也不去乡下了。"说完表情婶就挂了电话。

夜里，鸡汤婆失眠了，几次想给表情婶打电话都迟疑着，最后想出一个用表情符号发微信的办法，这方面不是她的强项，可还是硬着头皮编了 40 多分钟，那一连串表情符号翻译过来即是：“十分抱歉，其实我早就知道其中的奥秘，我默默地去支持他们算是献上我的一份爱心，我也知道我们都是从农村出来的，妹妹，请理解和谅解。”

第二天早晨有人敲门，鸡汤婆透过门镜看到了表情婶。鸡汤婆一直心情忐忑，担心自己编的表情符号表情婶看不懂，不想，表情婶一进门就笑盈盈地说：“行啊姐，你也会用表情了。”

“我编的你能看懂？”

表情婶有些自豪地说：“我谁呀，我不是表情婶嘛，你发的意思我能看不懂吗？姐你说得对，买鸡蛋的过程中咱也有收获，愉悦了心情锻炼了身体，我说我的体检指标怎么不断地好转呢。”

鸡汤婆的表情有些尴尬，不过心里还是舒服的。

镇　秘

小章被人称为“镇秘”，他自己都觉得这个称呼别扭，镇秘是小镇大秘的简称，有人介绍他时说，小章可是镇里的文胆谁谁谁呀，那个谁谁谁当然是大人物。小章的工作职位描述是：镇办公室文字综合，他自我定位为：码字匠。

昨天晚上，小章到同事家喝喜丧酒，喜丧酒是这个镇的古老传统，老人去世超过80岁的一般都设宴款待亲朋好友。席间，小章被老阚叫了过去。老阚问小章：“明天向县绩效考核组的汇报材料弄好了吗？”小章打包票说：“放心吧领导，妥妥的。”

小章的酒一定没少喝，以至第二天参加会议时还晕晕乎乎。人坐齐整了，老阚先客气一番，说些欢迎指导、接受教育之类的套话，然后打开稿子，照本宣科地汇报了。老阚汇报，小章就可以微目养神、打盹休息了，反正他坐在角落里，没人注意他。突然，小章后脊梁的神经被电击一般，他觉得老阚讲得越来越不对味儿，材料拿错了吗？小章连忙翻看桌子上的打印稿，完了，材料真错了，而且，想挽回已经来不及了，因为材料一大早就放在了考核组成员的桌牌前，他们早已看过。

小章接手文字综合工作半年，按老丛传下来的秘籍应对工作，总体上还算不错。老丛那个年代“爬格子”，小章则是“敲键盘”，可一些经验还是通用的，都说“天下文章一大抄，抄来抄去有提高”，那是通行版本，关键还得有独门绝技，也就是老丛说的，手心手背都得有数儿。事实上，老丛交接给小章的几种材料蓝本就体现了他的“数儿”。比如要争取上面的资金支持，镇里的数据就很不好看，困难很多，令人同情；如果要招商引资，镇里的数据就该冒的冒，该藏的藏，让人觉得这是一片投资的沃土；可上面要评优了，镇里的数据就好看了，不仅好看还绚丽夺目，令人赞赏；如果上面来达标考核什么的，镇里的数据就攀高附低，拿捏分寸，恰到好处。当然，版本使用上绝不能出问题，拿错了就是致命陷阱。今天老阚汇报的材料就是争取上面资金支持的汇报稿，各方面数据都很难看，都不达标。

很显然，读了两页的老阚也发现问题了，他开始脱稿汇报，可又讲不清楚，所以一边照稿读，一边解释，吞吞吐吐，一扫开始的气势和自信。小章大气不敢出，偷偷地观察老阚。老阚也朝他这边看过来，两人瞬间对眼，老阚的目光很毒，仿佛有把锋利的刀子。

小章借故离开会议室，本想去办公室找文书小蒋，查查拿错稿子的原因，走到办公室门口，他又向厕所走去，此刻，查明拿错稿子的原因没有任何意义，再合适的理由也于事无补。去厕所倒是离开会场最正确的选择。小章本可以在小便器前解决具体问题，他还是选择去蹲大便池，把自己锁在里面。小章闻到自己撒的尿里散发着浓烈的酒精味儿。

病榻上的老丛曾拉着小章的手说：“写材料不容易啊，拉干屎、尿黄尿、省老婆、费灯泡，你写得好理所应当，一旦出了问题全由你承责，要功劳，别想！搞好了也就弄个苦劳。”小章知道，这回他可走麦城了，昨天晚上还拍胸脯保证，怎么也不会想到栽到自己头上，栽得毫无防备，结结实实。

也罢！小章想，索性自己就此转行吧。坐办公室写材料看似风光，其中甘苦只有自己知道，仿佛走在一条看不见的独木桥上，点灯熬油，如履薄冰，他还不到30岁，鬓角就夹杂了白发，何苦呢！人挪活树挪死，换一份工作也许还换了分心情、换了个天地呢。

小章大咳一声，准备站起来，不想反坐到大便池上。大概蹲厕所的时间太久了，小章两腿已经不听使唤，他好不容易爬起来，双腿僵直，慢慢走出厕所。文书小蒋站在走廊里，喊他：“华秘呀，你去哪儿了？大家找你都找疯啦！”小章满不在乎的样子说：“我能想到。”小蒋说：“老阚让你去食堂陪客人呢！”小章懵住了：“让我去陪客人？”小蒋说：“是啊，今天老阚特别高兴，见谁都笑。”小章进一步发蒙，“他高兴？老阚？”小蒋说：“可不是吗，考核组表扬咱们了，说走了5个乡镇，只有咱镇的汇报材料真实可靠，没有粉饰夸张，体现了实事求是的精神。”小章呆呆地站着，腿不麻了，脑袋却有些麻。

这时，老阚陪考核组组长走过来，他热情地向考核组长介绍："这是小章，我们的镇秘，正规大学毕业生。”

本　色

按说小夏与这事儿一点都不搭边儿，他在史志办工作，不在纪委监委，根本不可能接触到案子的内部消息，更何况核心机密。不过，凡事也有例外，那天下午，小夏替领导去县委开会。候会期间，挨着小夏的是纪委副书记，他大概过度疲劳了，正闭眼歇息，突然，副书记怀里的材料滑落到地上，副书记身子一抖，睁开眼睛，俯首捡散落的文件，小夏过去帮忙，收拾地上的材料时，他看到“立案建议”中一个熟悉的名字：王强。

小夏替领导列席会议只是相关的第四项，其他的会议内容跟他无关，因此，偶然获得的“秘密”并没令他舒服，身体反而像被毛毛虫爬过似的，麻酥酥的感觉。

那天晚上，小夏参加乔迁新居的同学大壮召集的活动，参加活动的还有朋友老乔和小曾。推杯换盏过程中，几个人谈论县里各种传闻，那谁跟老婆离婚跟妻妹结婚了，那谁辞职了办网红孵化基地不到半年就关门了，那谁得了一种怪病据说是医学界难题等。小夏想到了王强，王强曾是自己的老师，后来做了电力职业学院的院长，一直到他退休前他们还有来往。“完了，这回王强得进去了。”小夏想。“王强是个老实人，会是贪官吗？可话说回来，哪个贪官身上贴贴？”“也许，王强老师当官有权就变了……”

有些事非常奇怪，你越不想说的秘密，那个秘密越往你的嘴边拱，就像酒喝多了，一阵一阵往上涌、非要吐出一样。小夏试探着说：“不知道王强老师最近怎么样了？”大家好像都不了解王强的近况，只有大壮嘟哝一句：“听说王老师得了老年抑郁症，不出门。”“哎，你怎么想起问他啦？”小夏连忙摇头说：“随便问问，随便问问。”

然而，酒过三巡，小夏还是憋不住了，也许酒精麻痹了神经，认为反正自己与纪委监委无关，泄密也不是他的事儿，于是告诉大家王强老师“马上就进去！”同时，还生发出诸多的惋惜和感叹。

大家的反应如何小夏记不清了，他怎么回家的也失忆了，直到第二天上午，大壮电话问小夏“你没事儿吧？”小夏说：“没事儿。”大壮接着问：“王强老师的事是真的吗？”这时，小夏才知道问题的严重性，猛地拍了自己的脑袋一下。

小夏越想越觉得后果严重，收拾一下就去找大壮，求证昨天晚上自己都说了什么，大壮故意跟他插科打诨。小夏打了大壮一拳，警告大壮绝对不能对外人说。大壮见小夏动真格儿的，于是说："放心吧，我保证守口如瓶。"

小夏又分别找了老乔和小曾，老乔说："我喝多了，不记得小夏说过什么。"小夏说："那就好，本来没这回事儿，你忘了就好。"小曾思忖着，说："你的确提过王强老师，为他说了不少好话。""提到他要进去的事儿了吗？"小曾点了点头。"我说的话你别信！"小曾笑了起来，说："我怎么能信呢？你是编史志的，咋能知道那么机密的事儿？放心，我不会以讹传讹的。"

回家的路上，小夏的脑海里沉睡的漂流瓶苏醒了：秘密是你的囚徒，一旦把它泄露出去，你便成了它的囚徒。

小夏刚刚回家，喝水歇气儿的工夫，平时不联系的熟人打来电话，向他求证"王强老师犯事儿"的消息，小夏追问对方从哪儿得到信息，居然不是大壮、老乔和小曾。如果是他们还好，这样看来，这个消息已经扩散了。唉，事与愿违呀，不知道是不是小夏的二次拜访起了强化和相反作用，属于典型的越描越黑。小夏一夜没睡，在备受煎熬中写了取得秘密和失密的详细经过，准备主动承担责任，无论多么重的责罚他都接受，他要保住一个工作人员的本色。

第二天上午，小夏听到王强老师在家里自缢的消息，他十分震惊，主动到纪委监委去找副书记，副书记听了小夏的讲述，阅读了小夏的材料，他冷静地说："你说的王强老师我不熟悉，不过听说他得了老年抑郁症……我想问的是，你写的这个是什么意思？"小夏连忙接过材料，他发现有一个错字，补充道："对不起，“不胫而走”的“胫”应该是月字旁……”副书记笑了笑，说：“小伙子你写的材料有史志味道儿……嗯，文笔不错！”

那天下午，县纪检监察通报：县城建团公司副总经理王强接受纪律审查和监察调查。

邮递员的东方

我和初恋女友分手很长时间了，想不到我还和她父亲董师傅保持着联系，后来几乎成了分别一个月就惦记的朋友。那天晚上，我和他喝了很多啤酒，我让他陪我去他家对面刚刚完工的建筑工地，我说我要买这里的房子。董师傅说现在买吃亏，同一地段，房价高 5 倍。他是用他家房子和我即将首付的房子做比较的，其实两者差异很大：新房子是框架结构，有电梯；老房子是砖混的，没电梯。新房子的外墙立面是大理石的；老房子贴的是瓷砖。环境也不一样，新小区移植很多名贵的树木和花木，况且，新房子是精装修。我在 7 号楼下尿了一泡尿，他站在后面看着我，也开始解裤带。我“机灵”一下身子，提着裤子对他说：“这里是我的领地了！”

董师傅身边的金毛狗跑过来，嗅了嗅，准备尿尿。董师傅厉声叫道：“东方，东方，不许胡来！”

很显然，董师傅把我的酒话当真了。买房子需要真金白银，如果尿尿可以圈来房子，我发誓，我一定把这一片楼房都尿个遍。

回到小酒馆之后，董师傅又要了白酒。我说掺酒不好，容易醉。他说没事儿。正如我所担心的，没多大功夫，他就醉眼迷离，拉着我的手说：“你知道我是怎么把东方追到手的吗？”董师傅说的东方叫蔡东方，也就是我初恋女友的母亲。那时候董师傅是邮递员，蔡东方的对象在遥远的外地，他们每周都要鸿雁传书，而董师傅必须风雨无阻。这样，董师傅和蔡东方就熟悉了。蔡东方每周见到情书，同时也见到了董师傅本人。一年半之后，情况发生了变化，蔡东方决定嫁给董师傅。董师傅喷着酒气说：“奥秘就是我对她太熟悉了，她在我面前没有秘密。”我吃惊地看着董师傅，董师傅说：“那次她发高烧、昏迷不醒，我当时没有邪念，只想救人，就用白酒给她擦遍全身。后来她清醒了，就用胳膊把我的脖子搂住了……”

董师傅是我搬进新房子那年冬天走的，第二年春天，我在楼上看到一个熟悉的身影，是蔡东方。

这里要交代一下。我的女友董芳留学 4 年之后嫁给一个比我大 7 岁的男人，后来她的混血女儿出生，蔡东方就去国外照顾外孙女，把董师傅一个人留在国内。董师傅去世时我只见到了我的前女友董芳，那是在海风阵阵的民用码头上，董芳头缠纱巾，怀里抱着董师傅的骨灰盒。按照董师傅遗嘱，他的骨灰要撒到大海。我眼含泪水，向登上民政专用艇的董芳行注目礼，那天，我没见到她母亲，也不便问什么，其实那次见到董芳，她只跟我说了两个字："谢谢！"

我来到蔡东方身边，她正为一株小树清理杂草。大概是我碰到了那棵小树，蔡东方大声喊："别撞我的老董。"我吓了一跳，那是一株银杏树。我上下看了看，才发现小树上挂了一个木牌，上面写着：董学森。董学森是董师傅的名字。

我似乎明白了，可明白的同时也糊涂了，那棵树的旁边还有一株小一些的树，上面挂的木牌上写着：东方。蔡东方大概看出我的疑惑，慢慢地说："我不在国内时是东方（宠物狗）陪着老董，东方也走了，就埋在这树下。"我点了点头，说："我明白了，那棵树是金毛啊，阿姨您真有心啊。"蔡东方说："不，那也是我，等我走的时候，也把骨灰撒到海里，然后就回到这里陪着老董。"我心里一阵难过，说不出话来。还是蔡东方打破了沉默，她说："阿姨拜托你一件事儿，如果赶上我不在国内，麻烦你帮我照顾老董和我好吗？"我突然觉得有些害怕，还是勉强点了点头，说："我会的。"

事实上蔡东方并没有出国，我在楼上经常可以看到她的身影，她的身体大概不太好，佝偻着身子，行动缓慢。我也在25层空空荡荡的房子里叹息着，经过10年努力，我植好了梧桐树，却没引得凤凰来。

下雪那天，门铃响了起来。我拉开门一看，蔡东方站在门口儿。蔡东方说："阿姨就要出国了，拜托你的事儿……"我连忙拉蔡东方进来，让她进屋再说。

进屋之后，蔡东方四下打量，赞叹着，这房子真够气派的。我苦笑一下，本想说，当初我对董芳承诺过的，可惜，时过境迁了。我转换一个话题，问她什么时候走，蔡东方说后天早晨的航班，董芳又生了，得去伺候月子。我迟疑着问："董芳她，还好吗？"蔡东方瞅了瞅我，转过脸去说："还行吧……你怎么还一个人？"她问我。我说："可能缘分没到吧。"蔡东方说："可惜呀，你没给董芳当邮递员啊。"我愣住了，我说："阿姨，您不是想让我选择邮递员职业吧？"蔡东方说："我说的是感情上的邮递员，其实董芳的心我了解，她也是邮递员的'东方'啊！"

证　人

华子正在吃早饭，母亲拎着熨好的衣服过来，看见桌子上的及第粥原封未动，不满地数落起来："你怎么还没吃粥？"华子说："我又不参加考试，吃这个干吗？"母亲说："当年你参加高考，不是一考就中了？今天去法院出庭，图个吉利。"华子看了看大碗里漂着油星的肉丸、大肠和猪肝，没吃就已经作呕了。

母亲坐在华子对面，看来她要紧盯着华子，监督他吃下去了。

堂屋大门敞开着，门外小雨淅淅沥沥，一只公鸡和5只母鸡躲进屋子里避雨，空气中弥漫着腥气。母亲嘟哝着："你爹都烧七期了，法庭总算有了消息，如果法庭没动静，还不知道外人怎么小看咱家呢，杀父之仇，换了西塘吴家老二，早拎着斧头去砍人了……妈不是鼓动你胡来，可你也太软脚了，当了几年小学教师，一年比一年文，一年比一年弱。"

华子尝试着吃了一个肉丸，不想，腻在食管中间就不肯往下走了。母亲很不高兴，用筷子猛地敲打着桌子。地上的几只鸡吓得四处乱窜。

华子说：“妈，我今天是去战斗的，我爹说过，宁愿站着死也不跪着生，您尽管放心吧！”母亲眼里汪出泪来，她说：“魏强那个天杀的，头顶生疮，脚下流脓，十里八乡谁不晓得他是个赖头，政府都拿他没办法，咱小百姓还不任由他欺负？这回你爹冤死在他手里，只能你出头给那个死不瞑目的老鬼讨个公道了！”

华子说：“我知道。”

华子出门时，两只公鸡在院子里斗了起来，鸡冠子耷拉着，一头血红，可它们脖子上的羽毛还支棱着，哪个都不肯认输罢休。

在县法院门口，郝律师从轿车里移出了胖墩墩的身子，主动和华子打招呼。华子气喘吁吁地问郝律师：“我没来晚吧？”郝律师说：“没晚，开庭还要等一会儿，趁这工夫，我再和你说一说赔偿的事儿。”华子问：“数额有变化吗？”郝律师说：“有变化，增加了8万。”见华子用疑虑的目光瞅他，郝律师说：“原来精神损失费是2万，现在10万，我们按上限提……不瞒你说，魏强那边托人找过我，他们的意思，刑期短点，钱可以多赔。”华子瞪大眼睛说：“想用钱来买刑期啊？门儿都没有！”郝律师说：“华子你放心，他们是买通不了我的，你也知道，我对魏强也恨之入骨，这10来年，我参与他不少官司，窝心上火十来年了。我提高精神损失费跟刑事没关系，该判刑判刑、该拿钱拿钱，一点都不能便宜他。”

“这样，赔偿费就40多万了吧？”华子问。“郝律师说41.5万。

你看一下……”说着，郝律师拿出笔记本，指点着对华子说：“丧葬费、被抚养人生活费、死亡赔偿金、精神损失费……这是合计。”华子思忖着问：“刑事能判多少呢？我看法律规定最高 3 年。”郝律师说：“不，魏强是全部责任，醉酒，逃逸，情节严重，法律规定是 3—7 年。”

华子叹了口气说：“如果我爹有过错，那会怎么样呢？”郝律师愣了一下，“他说你爹有啥过错？一个老人大雨天过马路，他是弱者，他没有过错”。华子说：“假设他也有过错呢？”郝律师看了看华子，低下头说：“那就要大打折扣了。”“刑期吗？”华子问。郝律师说：“不光刑期，赔偿金也大打折扣了。”

华子沉默了。郝律师摁了摁华子单薄的肩膀说：“一会儿你要庭上作证，万万不可意志松懈，心猿意马……华子，你是受害人，不要怕他，不要好人怕坏人！我们要用法律的武器惩罚犯罪，讨回公道。”

开庭了，法庭里的人并不多，没有魏强那边壮声势和闹事儿的人，这出乎郝律师和华子的预料。天阴起来，尽管大厅里的灯都开着，整个法庭还是显得晦暗。双方律师开始陈述，华子瞥了一眼窗外，精神开始溜号。

出事那天下午父亲出现在小学教室窗前，他穿着修补过的黑色雨衣。华子从教室里出来，问他：“爹，你怎么来了？有事吗？”父亲说：“没事儿，就是想来看看你。”华子愣了一下说：“我天天回家，又不是不见面……”父亲没说话，只是死死地盯着华子，仿佛一眼没看住华子就消失了一样。华子说：“爹，没什么事我还要回去上课，还有，你回去时小心一点，下雨路滑。”爹点了点头，见华子转身，又补充说：“华子，爹跟你说两句话，你爹没本事，你没借爹的光，你娘也没跟我享福，你知道，爹剩下的日子不多了，如果爹走了，你要照顾好你娘。”

华子下班回家，爹还没回来，他打伞外出去找爹，找到十点半也没找到，再后来听到的就是噩耗。

那个雨夜，魏强从经常出没的酒店出来，酒后驾车，快速拐过有监控的路口时，迎面撞到一个黑色的物体，车冲上人行道才停住。魏强冒雨下车，大概发现人已经死了，他见四下无人，慌乱中驾车逃逸了。

除了事实，华子的脑子里还拼出了另一个画面：确诊癌症晚期之后，爹就开始精心谋划这起事故了。这个事故成立是有前提条件的：一是他之所以选择车祸的方式，是因为这个方式可以获得物质补偿，以致他离世之后还可以给家人留下一笔财富；二是明确的嫁祸对象。父亲是个好人，他不会故意去害人，恰巧魏强是他的仇人，当年老房子动迁，乡政府动迁补偿协议是 9 万元，魏强找上门来，要给 12 万，强行让父亲签字画押转给他，他要赖打横，从政府那里赖了 20 万。答应给父亲的 12 万却迟迟不兑现，拖了两年才给 6 万元。父亲窝囊了一辈子，一口气憋在心里出不来，他用尽生命最后的能量复了仇，完成一次人生的壮举；三是魏强天天在酒店歌厅里厮混，时常酒后驾车，横冲直撞。于是，一起致人死亡的交通事故在雨夜里发生了。华子家将作为受害者得到了几十万的补偿，而魏强也将受到法律审判，还得蹲监狱。问题是，这个案子也有瑕疵，比如父亲的主观意图，被撞和故意被撞的性质是不同的，父亲那天下午去学校看他，说了什么，只有他自己知道，这样看来，瑕疵掌握在华子一个人手里。

轮到华子作证了，他凝视国徽好一会儿。

华子说：“在此我要向法庭陈述另外一些事实，事故当天下午，我父亲去学校找过我……”法庭哗然。郝律师焦急地站起来，不顾程序地向华子提醒道：“华子，你要维护法律的公正啊！”华子冷静地说：“我就是在维护法律的公正。”华子眼睛里噙满了泪水，他说：“我是一名教师啊！”

相　遇

老刘退休后第一次坐15路公交车。那个线路的公交车曾经是老刘战斗了二十多年的战场，车上车下，他抓了上百个扒窃嫌疑人，也得了一面墙的奖状，特别是“全国反扒窃能手”那个荣誉，一直令老刘骄傲和自豪。

眼下，车厢里显得陌生很多，大多是老人，也不拥挤了。老刘这才想起，其实他早就不上一线了，退休前十来年就坐在办公室里“复核案件”，带带徒弟。所以说，公交车的变化不是他退休后才变化的。应该更早。老刘想。

以“老猎手”的眼光看来，这样的环境对行窃是不利的，同时，他多少也有些失落感，早年，作为这个城市的骨干线路，15路公交车最繁忙、最拥挤，车厢里几乎成了不同年代的时尚展示厅，五颜六色，熙熙攘攘，个人财富也会随之带到车上，那里成了扒窃犯的冒险乐园，当然，前提是别碰上老刘，老刘曾是他们的噩梦。

车里有很多空座位，老刘还是习惯地选择了最后一排，在角落里，整个车厢一览无余。下一站地便是纪念街，下车 2 个人，上车 3 个人。老刘注意到第三个佝偻的身影，他连忙用帽子把自己的脸遮了一大半。

“耗子也老了”，老刘在心里嘀咕。老刘一眼就认出了耗子，他甚至认为，耗子化成骨灰他也能把他认出来。

耗子的一生也与 15 路公交结下不解之缘，从胡子刚长硬开始，他就吃扒窃这碗饭，也一次一次栽到老刘手里。耗子出出进进看守所和劳改队，一转眼他成了“老贼”。老贼大概没注意到“老枪”，他无精打采地向窗外张望。老刘想，看来，耗子也偷不动了！

解放广场车站到了，上车的人多了起来。车门关闭、启动，耗子突然站了起来，他开始在车厢里移动。不好，老刘也本能地站了起来。他似乎忘记自己已经退休了，他想，如果耗子作案，他照样抓他。

老刘尾随耗子在车里移动着，从车中间移动到车尾。

车停下来，再启动。

老刘又随耗子从车尾移动到前部。“要抓就抓他现行！”老刘想。

耗子只是移动，并没作案，折腾了 3 圈，老刘额头汩汩冒汗。

劳动公园车站到了，耗子慢腾腾地下了车。老刘连忙跟了过去，下车时差点让车门夹住。

耗子大概没注意到身后，他一瘸一拐地进了一座高大的写字楼，老刘紧随其后，见电梯停在 15 楼，他也跛着腿上了另一部电梯。

电梯打开，老刘看到一个醒目的指示牌，上面写着："高科技培训班"，他还没反应过来，一个穿黑制服的人挡住了他。

"他是我带来的。"

老刘侧过脸，发现耗子正向他招手。

老刘随耗子进到会议室里，台上的小平头立即站起来，一边招手一边喊："段爷来啦？请到前排就座！"

耗子说："不了，我和一个老朋友来的，我们就坐后排吧。"

老刘和耗子坐了起来，他小声对耗子说："行啊段立军，有辈分了。"

耗子说："熬一熬就成师爷了，你不也一样带徒弟了吗？"

小平头说："兄弟们，形势发展对我们这个行业越来越不利了，现在人出门都不带现金了，都刷卡，要不就手机扫一扫，这样下去，我们的生存空间越来越小，如果不掌握高科技，不采取应对的办法，梁上君子这个古老的行业就要成光棍（骗子的古称）了……下面请赵博士为大家讲解互联网社会中扒窃技术升级之道。"

会场上有二三十人，响起了稀稀拉拉的掌声。

被称为赵博士的人一边演示 PPT，一边讲解着。老刘听不大懂，耗子似乎也听不懂，迷迷糊糊打瞌睡的样子。

老刘站了起来，耗子睁开眼睛，"怎么？这就走了？"

老刘说：“走了，听不明白。”

耗子笑起来，嘶哑干涩，说：“老刘啊，我们都老了，我们的时代已经结束了。”说完，耗子狡猾地冲老刘一笑，还挑逗性地眨了眨左眼。

老刘站起来，走到门口，眨了眨右眼，对耗子神秘地笑了笑。

下楼时老刘也哑笑着，走出大楼门口，发现外面飘着零星的雨点，老刘想起年轻那一年，他和耗子两人凭借体力搏斗着，从车上到车下，车轮从他的右腿、耗子的左腿上碾过，那天，也是稀稀落落的小雨……老刘不去想这些了，他心里对老耗子说：“我警告你段立军，你别太高兴得太早，你们那群人里，我看到了我徒弟的徒弟，他正专心致志地听课呢，他可是人民公安大学毕业的！”

底层法官

底层法官这个说法，偏远山区的老百姓都懂，但在司法机关内部就不同了，他们习惯称“基层法官”而不是“底层法官”，正因如此，马军暴露了假法官的身份。

大梁和小蔡从派出所滞留室回到办公室，大梁说：“上个月还跟他一起吃过饭，没想到是个冒牌。”小蔡点了点头说：“人不可貌相啊。”

大梁一扫往日的唉声叹气，哼起了早年当兵时的军营歌曲。小蔡心想，这回，代理所长肩上的指标压力终于可以卸下去了。

“下午就去查吗？”小蔡问。

大梁换了衣服，边紧腰带边说：“收拾一下，马上出发！”

老帽山村在河东，大梁和小蔡敲开姜大牙的木门已经过了中午，小蔡开门见山：“马军你认识吧？”姜大牙门牙漏风：“马法官呀，他帮我断过案子。”大梁说：“我们问的正是这个事儿，你给细说说。”姜大牙断断续续地讲，小蔡一个字一个字记。

姜大牙和表哥因债务纠纷闹了 5 年，去年冬天矛盾升级，姜大牙半夜放跑了表哥家饲养的野猪，表哥也借着酒劲儿打掉了姜大牙难看的门牙，后来马军把姜大牙和他表哥召集到一起，讲法律知识，反复调解，拍板定案：表哥连本带利还给姜大牙 4256.3 元，扣除姜大牙给表哥造成的损失以及表哥应该包赔给他的医药费，抵来抵去，最后表哥给了姜大牙 871 元，了结了多年的纠纷。

“这案子，你给了马军多少钱？”小蔡问。姜大牙摇了摇头。大梁说：“你得说实话，我们不掌握情况能找你吗？”姜大牙白了大梁一眼，说：“一分钱没拿。”“一分钱不拿谁信呀？你到法院打官司还得交诉讼费呢！”姜大牙说：“没拿就是没拿，说到天亮也没拿。”

离开老帽山村，大梁失落地对小蔡说：“我总觉得姜大牙没说实话，一分钱不拿，他马军图啥呢？”

调查锡林河村潘桂花已是下午 4 点，潘桂花坐在院子里砸松塔。“你前夫的抚养费是马军给要回来的？”潘桂花说：“是啊，马法官人好，办法也多。”“说说，他什么办法多？”“那个死鬼欺负了我多少年，告也告了，闹也闹了，可他死猪不怕开水烫。马法官接手后，带我和病恹恹的孩子，去找死鬼现在的相好，马法官对他的相好说，如果不给抚养费就住在她家，你猜怎么着，第二天问题就解决了。”“马军这么出力，你给了他多少好处？”小蔡问。潘桂花想了想，说：“没有啊，我给他一袋子松子他没要。”“你再好好想想。”大梁提醒。“倒是吃过一次饭，天晚了，就在我家吃了家常便饭，加了一个大葱炒鸡蛋。”“天晚了，他没住……”“你啥意思？”潘桂花瞪起了眼睛说：“寡妇门前是非多，讲话注意点儿，我不在乎啥，别伤害人家马法官的名声，既然你们是来调查的，山里山外访一访，马法官的名声好着呢。”

回来的路上，大梁对小蔡说：“我不太信任这个潘桂花，你见过干农活还化妆的妇女吗？”

派出所滞留不能超过 24 小时，小蔡知道大梁会带他连夜审马军。大梁回家给老婆送药时，小蔡偷偷见了马军。马军说他高中毕业考大学没考上就自学法律，考律师也没考上，可他觉得偏远山区太需要法律帮助了，所以就开始帮老百姓断案子。“我明白了。”小蔡有意提醒马军：“你只是向老百姓提供法律援助，你并没有冒充法官，法官是老百姓叫的，是他们误叫的，你自己从来没承认过。”马军纠正说：“不对，我就是以法官的名义出现，如果你不是法官，大家就不信任你，也没权威性。”“你是学法的，你应该知道冒充法官的后果。”“我想过，可在大家的称赞声中我就把这个忘了。”小蔡说：“我们的谈话是非正式的，一会正式询问了，该怎么说你可得过脑子。”马军说：“你放心吧，好汉做事好汉当！”小蔡一脸无奈地回到了办公室。

大梁大概在家里喝了点酒，大步流星地进来，说：“小蔡，准备准备，今晚要有一场恶战。”小蔡像做错了事的孩子弱声回应着。不过同时，他内心里也坚定了信念：他一定要维护法的公正。

辉 煌

大城市也好，小地方也罢，每个地方都有体育场。大谭县中心有一个体育场，老庞是大谭体育场的电工。这一段时间体育场的领导很忙，正筹备大谭县荣升为县级市10周年庆典。当然，筹备这样的活动需要市里领导牵头，成立一个专门的班子。体育场主任小曹是筹备委员会下设分会、分会下设一个小组的组长，每次开会回来，小曹都召集体育场的员工开会，不厌其烦地强调这项活动的重要性及其意义。“养兵千日，用兵一时。”成了小曹的口头禅。

不知道是老庞的工作不重要还是老庞这个人不重要，总之，他被小曹忽视了，开会时点名，从不提老庞。而从老庞的角度来说，他对庆典也不上心。据说，庆典的时候省市的有关领导来参加，可这些与老庞没关系，这段时间，老婆正跟老庞闹离婚，老婆说，当初看你老实巴交，不想你是窝囊透腔儿、熊到根儿了，现在，我一点希望都看不到了。老庞没什么话讲，他知道自己老实过了头儿，除了本分地工作，从不知道要什么争什么。

老婆一闹，老庞的心里还是发生一些变化。老庞想，是啊，自己是体育场的元老了，小曹曾经是自己的徒弟，可那小子真本事没学会，溜须拍马的能耐却不小，三折腾两折腾，体育场改革时就当了头儿。徒弟当了头儿该照顾一下师傅了吧？事实并非如此，小曹心里根本不装老庞，一年也来不了电工房几次。体育场虽然是公共设施，平时很多活动却都是收费的，不收费怎么办？体育场那些员工也要吃饭啊。那几年，小曹忙着搞创收，把体育场的围裙楼租出去，租用最多的是刁老板，刁老板和小曹熟稔，就让自己的侄子小刁进了电工房。小刁是临时工，待遇却比老庞好。老庞曾就此问过小曹，小曹说庞师傅啊，都啥时代了你还正式职工临时工的，现在都一样了，清一色聘用。老庞就没话讲了。

老婆走那天，老庞喝了点酒，他背着手去了主任的办公室。老庞问小曹："你是不是见了老实人不欺负有罪？"小曹一时没反应过来。老庞问："为啥小刁的奖金比我多？"小曹明白了，他说："庞师傅，你眼睛不近视吧？没见我正忙大事吗？哪有时间管你那些鸡毛蒜皮的小事，等忙过庆典再说吧。"老庞还想说什么，结果事先准备的一肚子话都憋了回去。

小曹去市里开第 28 次筹备会议，回来传达时要求相关人员瞪起眼珠子，每项工作都要严格细致，比头发丝还细。比如，会场桌椅摆放要编号，麦克话筒的位置要提前做好标记，曲子之间的衔接要反复操练……"绝对要万无一失！哪个人出了问题，我让他吃不了兜着！”小曹说。

庆典活动进入倒计时，总务开始给员工发“套装”，套装的颜色很鲜艳，样式也不错，一些人知道那些套装只是活动当天穿，所以就按家人的尺码挑选，挑来挑去，剩了最后一套给老庞，老庞回家，好不容易把衣服套在身上，一弯腰，“刺啦”一声，裤子开了线。

老庞找总务，总务不管，他只好去找小曹，小曹说：“庞师傅，你是不是太过分了？越到节骨眼儿你越来找事，白给你衣服还出毛病啦？你不想要就退回来，反正庆典那天你也不出场。”老庞被小曹顶了回来，心里觉得很憋屈。

更让老庞憋屈的是，庆典的头两天，总务又给员工发了太阳帽和三角旗，老庞等到下午也没人给他，他找总务问，总务说名单上没你。老庞哽住了。老庞知道那两样东西不值几块钱，可他还是哽住了。

庆典那天上午老庞和老婆办了手续，中午他喝得满脸通红，在体育场门口，碰到陪同领导现场检查的小曹，小曹厌烦地瞄了老庞一眼，继续向领导汇报：“没问题、没问题……现在可以说是万事俱备，只待东风了。”老庞回到电工房就睡了起来。等他醒来。体育场已是人声鼎沸，锣鼓喧天——庆典开始了。

市领导主持会议：“下面，我宣布，大谭市成立10周年庆典……”话音还没落到地上，全场突然一片漆黑。老庞摸索着起来，他知道，一定是电压负荷太重线路出了问题。早在3个月前，老庞多次向小曹建议要更新配电室的线路，小曹没理睬。“现在好了！”老庞嘟哝。

体育场一片嘘声，没多久，小曹、小刁等人跑了进来。小曹声音颤抖地问：“怎么啦怎么啦？”老庞说：“我不知道。”“那你还不快点检查检查？”老庞说：“小刁不是在你身边吗？他比我重要、挣钱比我多，还是让他检查吧。”小刁头上的汗立刻就下来了，他只是个摆设，什么都不懂。小曹瞪圆了眼睛：“老庞，我看你是不想干了。”老庞慢慢地说：“关我什么事，也不是我弄坏的。”小曹这时才知道问题严重了，他转换了口气，哀求着说：“庞师傅，求你了。”老庞不说话，闷头抽烟。小曹急了，嗵的一声单腿跪在老庞身前，说：“你总不能见死不救吧？”

筹备了几个月的庆典晚会停电 20 分钟，这件事成了大潭的重大新闻，现在的新闻很多，不知道为什么，人们十分乐意议论和传播这个新闻。只是没几个人知道停电的原因，也不知道老庞终于“辉煌”了一次。

小　站

老秦在小站上当了16年警察，他属于铁路警察，责任区很窄，流动性却很大。小站就像一个电影院，一列客车就是一场电影，“电影”上演时，20世纪30年代建的“票房子”内拥挤喧嚣，落幕散场，小站冷冷清清。暑往冬来，老秦习惯了轰轰隆隆的机车和南腔北调的旅客，习惯了煤气与人体生理及携带食品混合的气味儿，他也由威风凛凛走来走去、四处投射警惕目光的小伙子，变成了行动迟缓、目光懒散的中年人。

下雪那天老秦当班。早晨老婆和他吵了一架，明年女儿就上中学了，老婆不想让女儿在小镇上读初中。老婆说：“我可不希望女儿像你一样没出息，一辈子囚在那个小地方。”老秦不喜欢听这样的话，他说：“当初还不是为了你，我才来这个小站的！”的确，老秦从警校毕业时，完全有机会留在路局，至少可以留在大站，为了照顾妻子的身体，他来到这个小站。老婆说：“你还好意思说，当初我嫁你，还不是想离开这个小镇。”

老秦说："别想得那么简单，说离开就离开啊？你的接收单位好找吗？有房子住吗？"老婆说："那要看你求什么，你想都不想能有机会那就怪了！"老婆饭也没吃，带着女儿乘早晨6点的火车去了城里。

老秦接班之后就是一趟长途过站车，车还没进站，十几个大包小裹的民工就簇拥在检票口，他们大概知道这趟车停车的时间短，都争先恐后，唯恐上不了火车。老秦知道那些人是种貂场的雇工，打了一年的工，该回家过年了。由于心情不好，老秦开始找他们的茬儿："你们几个，过来！"民工们你瞅我我瞅你，目光里隐含了恐惧。"说你们呢，你，穿夹克的……把包也带过来！"穿皮夹克的青年迟疑地走了过来。"把包打开。"老秦的话很平静，调门一点儿都不高，可平静之中透露着更大的威严，仿佛他已经洞察了一切。的确，在一个逼仄的空间里用了十几年的"警眼"，老秦练就了一双火眼金睛。"皮夹克"打开背包，尽管他不愿意，可还是被老秦在夹层里翻出了两块小貂皮。老秦一手按着枪套，一手对民工们指点着："看到了吧？你们自己动手，把不该拿的东西都拿了出来。"民工们像煮菜的锅，闷声发泄着不满。"皮夹克"解释说，这两块貂皮是场主发不满工资，顶账的。老秦当然不相信他的话，命令民工把隐藏的东西都拿出来。这样拉扯期间，火车进站了。老秦不放他们，他们当然不敢离开。车开过去了，民工也和养殖场的场主联系上了。"一场误会"，场主在电话里说："不过，还要感谢您，您很负责任。"

老秦有权利检查，民工也觉得警察检查他们天经地义，他们不敢怀疑老秦的执法。尽管他们错过了这趟火车，改坐下一趟车，而且需要倒车折腾，车票也出了问题。可事情毕竟搞清楚了，他们反而觉得十分庆幸。临走，皮夹克还递给老秦一支烟说："谢谢你，帮我洗清了不白之冤。"

老婆下午 5 点来了电话，老婆告诉老秦事情有眉目了："你猜怎么着？我碰到你一个同学，他正好在育才中学当教务主任。今天晚上我们就不回去了，明天要面试。你同学说了，面试也就走个形式。"放下电话，老秦不理解，听老婆的声音好像早晨根本没吵过架似的。不过，接下来的时间里，老秦的心情还是发生了变化，晚上吃了两大碗面条，还五音不全地哼哼歌曲。

晚上 9 点是最后一趟客车，老秦例行公事地走出值班室。候车厅里，稀落着七八个旅客。这时，老秦一眼就把"吊眼梢"叼了出来，那人的眉眼很特别，故作平静的眼神儿游移和躲闪着。老秦走到"吊眼梢"身边，"吊眼梢"故意低头抽烟。老秦知道，"吊眼梢"无疑是个贼，他本想把"吊眼梢"叫到值班室，不过，今晚他的心情很好，再说，他没抓到"吊眼梢"犯罪的"现行"，盘问不出什么结果还得放人，转了两圈，老秦就目送"吊眼稍"离开了车站。

"吊眼梢"消失了。老秦想起他刚当警察那年抓过一个扒手，那个家伙也长了一个"吊眼梢"，老秦跟踪他好几天，终于把他抓住送进了监狱。那人被抓时偷了 15 元钱、30 斤粮票。

那个时候老秦没经验，现在不同了，他觉得他一眼就知道对方是什么货色。

就在那天下午，养殖场被一个贼血洗了，场主在反抗过程中被刺中了肺部，抬到医院时他满身气泡血，不久就死了。几天后，老秦看到通缉令上的照片，他一眼就认出来，是那个面孔稚嫩的“吊眼梢”。老秦后背发凉，目光如冬日的天空一样混沌而阴郁。

商店关门了

我小时候胆子很小，胆子小的种种表现我自己并不记得，大多是父亲和母亲谈论出来的，其中最经典的一件事是，每次母亲领我进商店，没走几个柜台，我就会拉着母亲的手，让母亲离开商店，我对母亲说："走吧，商店要关门了。"

很多年里，我一直被"商店要关门了"这句话揶揄着，长辈这样揶揄我，妹妹也这样揶揄我，后来我娶了妻子，妻子也跟我开过类似的玩笑。可气的是，我儿子8岁那年，他跟我去商店，突然拉住我的手，嬉皮笑脸地说："走吧，商店要关门了。"

父亲去世后，母亲变得沉默寡言，而令我担心的是，她的遗忘症越来越严重，每一两个月她都要把自己丢一次，本来计划去银行取养老金，走到银行门口，她忘记自己干什么了，等找到她时，她竟然在公园的一个长椅上睡着了。无奈，我们在她的上衣和裤子上都缝了一个标签，写着我的姓名、联系电话。以至于，一接到陌生的电话，首先跳进我脑海的概念就是母亲。妻子很担心，建议我把母亲的存款接过来，说老人在外面转不安全，脑袋犯糊涂时碰到坏人，让她拿存折她就拿存折，让她告诉密码她就告诉密码，那不麻烦了吗？我坚持认为，有两个不能讨论的原则性问题，第一不能限制老人的自由，不能不让她去户外活动；第二不能要她的存折，钱对她的用处不大，但却是根非常敏感的神经。

天气闷热那段时间，母亲又丢了，我发动亲朋好友到处寻找，派出所、委员会社区、医院、电台……能想到地方全找遍了，晚上 10 点，各路人马都汇聚到我家小客厅，不用说话，一瞅表情就知道结果。那一夜，我和妹妹都没合眼，焦虑、愧疚和恐惧藤蔓一般在心头缠绕着。凌晨 5 点多，电话尖利地响了起来。电话是公交车站调度室打来的，原来，母亲在公交车上睡了一夜，差点儿把早班师傅吓掉了魂儿。

妻子见母亲的症状越来越重，她和我商量，要请一个小阿姨来帮着料理生活，不想，母亲说啥也不同意，她的生活方式是年轻时养成的，每一分钱都算计着花。凌晨 5 点，她就去菜市场买菜，即便是买几毛钱的圆珠笔，她也到批发市场批发。儿子每次喝过的饮料瓶她都收集起来卖废品，谁劝她都没用，没人能改变她的生活习惯。

母亲健忘症发病的周期不断缩短，她也变得静默和敏感，做事谨小慎微，走路的声音也越来越小。有的时候我起床晚了，一睁开眼睛，见母亲坐在我的床头，她的脸离我的脸很近，会吓我一大跳。与此同时，她的感情也越发丰富和脆弱，看电视剧跟着流泪，在新闻联播中看到受灾的地方死了人，也跟着流眼泪。一个星期天，母亲一大早就走了，一直到中午也没回来，我十分紧张，正要去找她，母亲回来了，一进门，她笑眯眯地对我说，现在，我心里好受了。原来，她去给灾区捐款，走了很多地方，耗费了大半天的时间，终于找到了可以捐款的地方。我问她捐了多少，她说 2 块钱。我不好说什么，只对她的行为做一番称赞。

9 月 12 日是母亲 70 岁的生日，生日的头一天我和妻子计划，白天带她到商店买礼物，晚上给她举办生日宴，把亲朋好友都请来。晚宴由妻子筹备，我负责买礼物。

一开始，母亲不同意跟我去商店，我很不高兴，几乎是带着命令的口气逼迫她，她只好跟我去了商店，可到了商店，她又什么东西都看不中，让我伤透了脑筋。我给妹妹打电话，询问该买什么礼物，说话间我被人拉了一下，我侧身一看，母亲已经把我的手拉住了。此刻，母亲孩子一般流露出怯懦的目光，我呆住了，不敢相信她就是我那一生坚忍、劳碌、不屈不挠的母亲。

母亲嗫嚅着说："走吧，快走吧，商店要关门了！"

做客的父亲

父亲逝世之前，他是母亲的敌人。

在母亲的世界里，父亲既是她的假想敌，也是她现实的斗争对象。几十年来，她投放了几乎所有的情感、智慧和精力跟父亲对决，嬉笑怒骂，恩恩怨怨，旷日持久的战争一直持续到父亲离世。

父亲到底是个什么样的人呢？也许在每个亲朋好友那里有着不同的答案。小时候，母亲时不时跟我和妹妹唠叨和埋怨父亲，在我们的印象中形成了一个“不管家、不关心母亲和孩子”的父亲形象。事实上，我们和父亲相处的时间的确很少，他总在外面忙工作，三天两头出差，经常在我们入睡的时候才回家。母亲对父亲说：“我看全世界就你最忙了，少了你地球不转了吗？”这个时候，父亲冷峻而缄默。

父亲年轻的时候工作很积极，他没当过大官，手里却握过实权。那些年家里经济条件很差，我正在拼命地长个子，一个月

16 斤的供应粮根本不够吃，母亲找父亲的手下私自买了一袋玉米面，父亲知道后跟母亲大吵起来，父亲说："你是落后分子，你思想意识有问题，你给我写检查！"母亲在灯下望着我和妹妹惶恐的眼睛，十分伤心地抽泣。

父亲平时话少，性格还算温和，可喝了酒的父亲就变成了另一个人。为了和领导阶级——工人打成一片，父亲用二大碗和工友喝酒，酩酊大醉后被人搀扶回家，因为喝酒他吐出了苦胆汁儿，也休克过挂过吊瓶。母亲也是奇怪，偏偏在父亲喝醉的时候唠叨他，把他唠叨烦了，酱红着脸的父亲像一头暴怒的狮子，舞动着拳头对母亲吼叫。母亲当然委屈，她认为父亲喝醉了她有理由生气，而唠叨的也多是为父亲身体健康着想的内容，自然无法控制情绪，于是，两人短兵相接，拳脚相加。母亲虽然打不过父亲，却也给父亲脸上、胳膊上留下抓痕，第二天父亲被挠破的地方颜色变深了，他上班前总要掩饰一番。母亲说她永远都不原谅打她的父亲。

母亲和父亲苦斗的若干年里，母亲的内心是恐惧的，她总觉得父亲在外面有了女人，而她想象的那个女人飘忽不定，一阵子是容貌美丽的狐仙，一阵子是龇牙咧嘴的妖怪。那几年，只要父亲和异性单独在一起都会引起母亲的警觉，母亲的多疑必然会增加她和父亲口角的次数和频率。而那一时期，我反复被母亲灌输，脑子里形成了后妈"凶残""没人性"的形象，自然会站在母亲这个阵营里，对父亲进行观察和监视。一天，我看到父亲和单位的冯阿姨在一起说话，说话过程中，站在父亲对面的冯阿姨还热情地在父亲的肩头捡起一根头发，扔掉了。父亲显得很紧张的样子，四下瞅了瞅，瞅见了我。随即，父亲带我去了商店，买了5毛钱的高粱饴糖。父亲叮嘱我，不让我把看到的告诉母亲。糖吃完了，父亲的叮嘱就失效了。母亲终于抓住了父亲外面有女人的“凭据”。这个“凭据”也是母亲处心积虑苦恼、怀疑、探究了十几年最有说服力的一个，按母亲的说法，父亲肯定有问题，如果父亲没问题为什么用糖堵我的嘴，为什么不让我把看到的讲出来？

母亲把自己的整个身心都放在家里，而父亲的心却不在家里久驻，他的心属于外面的世界，这一点母亲觉得不公平，也难以理解父亲。“百日生产大会战”时，父亲常常不回家，回到家里也是倒头便睡，梦话说的都是工地的事儿。妹妹出麻疹，母亲吓坏了，带着妹妹去工地找父亲，父亲火了，他说：“我严肃地告诫你……以后，不准你拽我的后腿！”母亲对我和妹妹说：“想起你爸当时那副嘴脸，我八辈子都不原谅他。”

母亲这边省吃俭用，父亲那边却大手大脚，一出差就借单位一笔钱，回来也不及时报销，以致他退休后，仍有人找上门来讨债，他究竟借了多少钱谁也不知道，不知道比知道了还可怕，父亲外面的世界是模糊的，母亲跟着担惊受怕，全家人的心情也顺当不了。

父亲老了，我却到了忙碌的年龄，我们见面的时间也越来越少。父亲病了，脑血栓后遗症令父亲一侧身子僵硬。由于我一个月没去看他，下雪那天，他突然出现在我家门口。见他拖着残腿吃力地上楼，我既心疼又生气，责备他说：“有什么事你告诉我一声就行了，何必自己跑来呢？”父亲说：“没事儿，只是溜达溜达。”父亲就坐在我对面的椅子上，我急着赶单位的一个材料。他就在那里一声不响地坐着，坐了两个多小时。

父亲离开了。父亲离开后母亲也变了一个人，她变得忧郁而寡言，仿佛没了“敌人”，她只能自己孤独地、没有目标地到处行军。父亲和我都属于不善于表达感情的人，心里对你再好也不说在嘴上。记忆里父亲从没说过爱我们、哪怕是类似的话。他去世 5 年后的一个早晨，不知为什么我突然泪流满面，仿佛自己回到小时候的那个早晨，父亲用他那冰凉的大手来掀我的被子，那时的父亲年轻健壮，他大声喊道：“儿子起床了，太阳都照屁股了！”……我开始在屋子里寻找父亲留下的记忆，可惜，他留下的痕迹少得可怜。

家人聚会的时候，母亲也会提起以前的往事，不过，这个时候的母亲公正、平和了很多。说一说，母亲泪眼望天，喃喃着：“这个死老鬼，他就像这个世界的客人，怎么只剩下一道影子了呢！”

打酒

小的时候经常有人问我，长大后干什么？我回答："给爸爸打酒喝。"这样就会有人表示赞赏，说这孩子挺懂事的。其实，我的回答也是大人教的，并且，我对那句话的准确含义理解得并不深刻，就像小时候背的唐诗一样，只是背得流利，理解到什么程度则是另一回事了。

小时候生活在东北边陲一个小城里，在我印象中，"剑南春"是最好的酒了，逢年过节，大机关里有头有脸的人才可以分到一张供应票，而用"剑南春"送礼，可以算得上奢侈的礼品了。不知不觉中，我渐渐长大了，我知道"给爸爸打酒喝"是赡养老人孝敬老人的意思。14岁那年，我的一个愿望是：将来我工作了，一定给父亲买两瓶"剑南春"。

男孩子的青春期来临了，叛逆的表现是向父权挑战，我也不例外。那时父亲经常在外面喝酒，尽管他喝酒是为了工作，可看到他回家呕吐的样子，伴随母亲的埋怨，我内心里产生了厌恶。

那一时期，我下了决心，以后绝不给父亲买酒喝。

高考之后，我到另一座城市读书，在灯光清冷的月台上，站着一大群送行的同学，父亲也在送行队伍中，不过，他站在一个若明若暗的角落里。那一时期，我对父亲还有一些抵触情绪。火车缓缓开动，在灯光映衬下，我突然看到父亲眼睛闪烁着晶莹的光泽，我知道父亲从不流泪，他 4 岁失去母亲，表达感情的方式冷酷而坚硬。我的心情随着车轮与车轨的颠动开始起伏。

毕业后我可以为父亲买酒了。事实上，我并没有立刻给父亲买酒，总觉得以后的机会很多。不想，没多久我就调到大连工作，又和父亲分开了。外表一向冷漠的父亲在我离开家两个月就到大连看我，见面时已近中午，我在长春路一个小酒馆里请他吃饭，一边通报各自情况一边喝酒。那是一次民主、平等的喝法儿，彼此举杯示意着。到了结账的时候我才知道，父亲已经在去卫生间途中把账结了。我说本应是我结账。父亲说，你刚来这座城市，租房子住，用钱的地方多——那一次，父亲并没有喝到我给他买的酒。饭后，我去火车站送父亲，由于时间还早，我们就在站前广场溜达。无意间，我看到父亲佝偻的身子，心里陡然一抖。在我的印象中，父亲是健壮硬朗的，转瞬间，他的背塌下来，走路也不再有力。

父亲并没有熬到退休，也就是说，到我认为真正该给他买酒喝的年龄。1995 年冬天，他在出差的路上突然得了脑中风。父亲病了，而且得的是不宜喝酒的病。父亲出院后我举家迁往大连，我所在的城市成了他的归宿。就像我爷爷当年那样，父亲成家后爷爷就投奔儿子。小的时候，父亲的家是儿子的家，长大之后，儿子的家就是父亲的家了。

父亲在大连调养期间，我几乎每个周末都去看他，尽管言语表达还有障碍，可他的心情还是不错的，我可以看得出来。1997年，我爱人想申请澳大利亚技术移民，她去澳大利亚驻北京大使馆考雅思时，父亲不知从哪里听到风声，突然晕倒了。听到这个消息，我的心情十分沉重，当时，我真切地体会到“上有老下有小”的责任和担子。也就在那天夜晚，我打消了出国定居的所有念头。

2002年春节前，我去大连商场选购年货，在酒类柜台前，我的眼前跳跃着“剑南春”几个字，在那一瞬间，内心里痛楚地悸动着，眼睛有些潮湿了。掩埋已久的生命记忆冒出嫩芽。我知道有病的父亲已经不能喝酒了，我甚至不能对他讲我小时候的那个愿望……我在那个柜台前徘徊了很久，最后还是买了两瓶剑南春。

我把酒送给父亲。很显然，父亲理解了我买酒的含义，这个酒在两个不善直白地表达感情的男人之间有着特定的内涵。父亲努力掩饰自己的心情，口齿不清地说：“你知道我现在不能喝酒了。”我笑着说：“没关系，这个酒放的时间越长越好，我相信，您病好的时候，酒的味儿就更醇厚了。”

我把那瓶酒打开的时候，父亲已经长眠在乔山公墓里。我端着酒杯对父亲讲了很多话：讲我 14 岁那年的愿望，将来工作第一次发工资我就给父亲打酒；讲我青春期内心对父亲喝酒的厌恶; 讲我工作后忙忙碌碌，没能早一点给父亲打酒的遗憾……“对不起老爸，这瓶酒我开得太晚了！”

去年，行动不便的母亲住进了养老院，我帮她收拾搬家时，居然发现老床底下藏着一箱“剑南春”，我仔细分辨上面的出厂日期，才知道那箱酒已经存放了三十多年。我小心翼翼地打开纸箱，发现一张泛黄的纸条，上面的字迹有些褪色，不过我看得出是父亲刚劲有力的笔迹：“留给儿子。1983 年 7 月。”

| 大　麦 |

大麦是在南岗子的闹市区度过童年的，那里离海湾（后来叫阿木尔湾）不远。冬天，他和几个流浪儿窝在教堂的阁楼里，那个阁楼有一面墙临着烟囱,尽管外面的大雪封住了所有的生气，他们还是熬过了可以冻掉人耳朵的严冬。

大麦喜欢夏天，在夏天辽阔的海滩上，有大片大片卷着雪白花朵的海浪，海鸟成群飞在眼前，眼前眼花缭乱。

大麦喜欢自己所在的城市，大家都叫它海参崴（现符拉迪沃斯托克），那是一个各色人种混居的地方，大麦不知道自己的祖籍，他觉得既像河北伙计，也像山东老哥。

大麦 16 岁就会汉语、俄语和朝鲜语。他还被一位姓杜的老板看好，成了跟班。杜老板经营化妆品和西药，有的时候也鼓捣一些军火。

那年冬天，杜老板盗运一批军火过境，俄方的“卡伦”（边境哨所）已对杜大头（杜老板）警觉了。杜老板知道大麦认识常去赌马场那位一脸雀斑的少尉，就托大麦去混“卡伦”。

大麦第一次过境到三岔口（今黑龙江省东宁市），金钱的诱惑和回归本土的热望使大麦生出许多幻想。大麦是农历十二月初八到三岔口的，旧街已经开始挂起过大年的红灯笼。

办完了“买卖”上的事，大麦牵着赛马场退役下来的“将军”马，从老街上威风凛凛地走过。在老街，大麦怀里虽然有钱，他却不抽不赌不嫖，径直来找跑崴子的山东老李头儿，老李头儿开了一个烧锅，街面是一个水酒铺。老李头儿有两个伙计，生意平平淡淡，大麦的到来，让他眼睛发亮，他一边大声吆喝伙计为大麦卸马鞍，一边乐呵呵地接下大麦的褡裢。

老李头儿重交情、讲义气，有一年他和几个淘金的弟兄困在海参崴，是大麦给了他们回家路费。“喝酒！”老李头儿大嗓门劝大麦。油灯下，火苗的光在他黑红且粗糙的脸上蹿动，一明一暗的。

那晚，大麦喝得头晕目眩，全身发软。

老李头儿喝到尽兴处，冲着屋外喊：“银玲子，银玲子！”

掀门进来一位穿红色夹袄的姑娘，姑娘水灵灵的，大麦从没见过这么水灵的姑娘。

“这是俺闺女，银玲子。快给麦爷敬酒。”

大麦眼睛发直，盯得银玲子手足无措。

“一会儿侍候麦爷歇下……”

老李头儿先喝倒下了。大麦摇摇晃晃去东屋睡觉，银玲子给他打好了洗脚水，递来擦脚巾和洋胰子。

银玲子倚在门框上轻声说："麦爷歇息吧。"

大麦浑身似火，直盯盯地瞅着银玲子，说："过来！"

银玲子以为铜盆里的水热，就走过来，蹲在铜盆跟前，突然，大麦拉过银玲子的胳膊，力大无比地将银玲子抱住，银玲子无声地反抗着。快把银玲子压倒炕沿时，大麦自己被地上的炭火盆绊了个跟头。

大麦爬起来，又力大无比地冲了上去，把银玲子按在炕上。他的手从银玲子的袄罩下伸进去，摸到了鼓鼓的部位……银玲子一口吐沫吐到大麦的眼睛上，同时，他的腮上也火辣辣的。银玲子跑掉了。

第二天，大麦脸上被银玲子抓出的血痕开始明显了。他愧见老李头儿，就悄悄搬了出去。大麦只在三岔口住了两天，走的那天早晨，街上除了卖豆腐的再无别人，出了老街，大麦心里不是滋味儿，不知是想着银玲子，还是愧疚。

在出城的路口儿，大麦发现了银玲子，她站在路口的松林边，正向大麦这边张望着。

大麦催马跑了过去，他不知该向银玲子说些什么，只是默默地看着银玲子。

沉默了许久，银玲子讷讷着："你……是真心的吗？"

大麦释然了，也激动起来，他从马上跳了下来，指着天对银玲子说："不真心，天打五雷轰！"

银玲子信了。于是，无论大麦怎样激动地揉搓银玲子，银玲子都保持着微笑。

在那片松树林里，大麦热烘烘地拱进银玲子的怀里，他好像觉得银玲子与这片白茫茫的原野有着某种联系，无论怎样蹂躏都袒露着深厚的慈爱……时间不长，大麦就出透了汗，摘下皮帽子，像揭开蒸馒头的锅盖，头顶上热气腾腾。银玲子还是微笑着，尽心尽力地微笑着。“看看你，骑在大马上多威风呀！”银玲子只说这么一句。

大麦说：“我很快就回来娶你。”

大麦说：“我要做个正儿八经的人，不再五马六混了。”大麦还说：“我们要生 6 个儿子。”

第二年春天，大麦穿一身西装出现在三站的筑路工地上，他成了俄远东铁路公司第八筑路工段的翻译。

由于大麦是在俄境长大的，黑沃尼法季经理（来自阿塞拜疆）和白俄工程师加夫留哈把他当成了自己人，大麦可以随便吃马林鱼和沙丁鱼子罐头，并常和他们在一起喝伏特加，伴着时紧时松的传统曲子《卡林卡》的旋律，一边跳一边唱，闹到深夜。有一天没有月色，大麦来到帐篷外小解，望着四周漆黑的森林和闪闪烁烁的星空，他想起了银玲子，他知道他是为银玲子回来的，可真的回来了，他似乎又把银玲子忘记了。大麦喃喃着银玲子的名字，踉踉跄跄向淹没在森林之中的草甸子走去，直到他听到狼群的嚎叫。

在大麦回来的那年初冬，据说大麦去三岔口找过银玲子，老李头儿已经把水酒店和烧锅盘给了一个朝鲜人，大麦得到一些零零散散的信息，他听说银玲子在秋天生了一个男孩，他还听说银玲子被报号“占山好”的胡子绑过票……大麦失魂落魄地回到了三站。

那之后不久，大麦也不知去向，有人说他和沃尼法季、加夫留哈一起贪污筑路款，被流放到库页岛（萨哈林岛）；也有的说大麦一直在找银玲子，几乎找遍关外。说的人一本正经，说之后在哈尔滨还见到了他，穿一件破棉袄，像一个要饭花子。也有另一种更加近似肯定的说法：大麦在那次酒后，在满天繁星的夜里就已经被狼群吞没了。

然而有一件事是确定的，中东铁路通车后，在五站（今绥芬河市）东面边境那一带，有一个马架子房，房前开垦了大片庄稼地，打猎的人说，常可以看到一个女人领着一个虎头虎脑的小男孩向边境外张望，特别是在大雁南飞的时候，那个场面一定出现。

据那个猎户讲，站在边境上遥望的那个女人一直望到头发花白。

长在黑发里的野花

闷热的夏季，马粪的气味一直在老街徘徊着，天黑下来，除了缓缓流动的大沙河有一带亮色，老街一片死寂。

深夜里常有轰轰隆隆的火车碾过的声音，凤子的梦也被撞得支离破碎，像洋胰子沫滴落到水里，快速向四周消散。凤子的梦多半是童年的往事，天色偏暖，有灿灿的葵花和精蓝的蜻蜓。二宝骑着枣红色的高头大马向她走来，她觉得心要飞起来……这时，火车轰轰隆隆开过来了。

火车的声音渐渐小了。凤子听到炕头父亲的声音，患痨疾的父亲，嗓子像透了气的风匣子，咝咝啦啦扯了根线儿。“你爹8岁就上地，累的。”母亲曾说。

凤子醒了就睡不着了，自并屯以来，她常常被后院路基上驶过的火车声吵醒。睡不着，凤子就不停地重复她的幻想，幻想几乎都是与牛心山老家有关。月光下，马架子房前的坡地白花花一片，弯弯曲曲的大沙河凝固在远方。

入冬时，日本人在高丽屯破案，抓了5个朝鲜共产党，其中领头的姓金，他是在凤子家后山树林里被抓的，那天，一位姓金的共产党被日本人的狼狗咬死，脖子被咬烂了，肠子也被拽了出来。那一段日子，凤子吓破了胆，整天昏昏沉沉，窗外一有动静她就把被捂在头上。

并屯时，凤子走过那座有回音的大铁桥，桥下是盘着漩涡的大沙河，凤子不敢往桥下瞅，第一次走上金属大桥，她却没有什么完整的记忆。她只是知道，过了大桥，她就失去了家园，失去了山坡那片给他们提供口粮的土地。

凤子还在炕上躺着，想令她兴奋不安而又羞于深入的幻想：二宝骑着枣红色的高头大马向她走来，他从马上跳下来，把她抱起来放在马上，然后快速地在有蕙草拦腿和覆着车前子的小路上奔跑，跑到一个新盖的土坯草房前，那草房还有鲜草和泥浆的气味儿。直到二宝把她的红盖头掀起了……想象到此为止，她只是反复重复这些想象罢了，所不同的是，开始的想象是心惊肉跳的，后来，渐渐在夜的黑暗之中得以安稳，只剩下周身发热了。

二宝是父亲给她定的娃娃亲，母亲反复告诫她，她必定是二宝家的人，她也就坚信是二宝家的人了。凤子7岁的时候，二宝托养在她家。二宝经常欺负她，比如玩天大地大，二宝先拉一泡屎，然后用松土埋上，在中间插一根草棍儿，凤子不知其中的欺诈，她搂着土，搂得稀稀的一手……秋天，二宝给凤子送一包“红姑娘”（草本果实，可食用，东北农村的小孩将它放在嘴里咬出响声），凤子拿来一咬，牙差点没被硌掉了，二宝在里面放了石粒儿。冬天，在辘轳把井外的冰坡上，二宝带凤子滑爬犁，说好他带着她，可爬犁一动，二宝就不见了，吓得凤子大声喊叫，泪水流在冻红的腮上……

后来二宝跟他叔去哈尔滨贩皮货，一晃，凤子就长到 14 岁。那年正月，二宝回来了，他穿一件青色衣服，戴一顶灰礼帽，个头虽然没有凤子高，却变得稳重多了。二宝见到凤子有些害臊，憋了半天从衣襟里摸出一个塑料洋化妆盒和一包五彩线。“等将来，俺骑一匹大马来接你！”二宝说。

凤子与牛心山老家隔着宽宽的大沙河，她过不了河。

凤子就在遥望中送走了整个春天，苞米蹿出红缨时，凤子终于在那天早晨走上了大铁桥，大铁桥的桥头有一个水泥结构的碉堡，灰白色，四周是黑洞洞的枪眼。碉堡有日本兵站岗，那天站岗的是一个有连鬓胡子的矮个子，他用枪指着凤子，说着凤子听不懂的话。凤子看那个人不像讲“日满亲善，亲如一家”的日本人那样温和，双目露出凶光。这时，一条狼狗扑了过来，当时就把凤子吓昏了。

凤子是由于体内的剧痛而睁开眼睛的，她发现自己的衣服被解开了，她的身上还有一个穿背心的男人。她大叫一声，拼命挣扎起来，可她的两只胳膊被另一个光着身子的日本兵死死钳住，凤子挣扎得筋疲力尽，她满脸泪水，苦苦哀求着。那两个日本兵不理睬她的哀求，一边嬉笑着互相鼓励，一边摧残着凤子。

中午，一个日本军官带一名士兵巡查，正撞见了这一幕。日本军官打了那两名士兵的嘴巴，把凤子带到了镇上。最后，以凤子风化日本皇军的罪名将凤子拘押了 20 天。

凤子失魂落魄地回到家，一进门就被父亲踢了出来。“你怎么不死！”父亲号啕大哭，破口大骂：“老祖宗的脸都让你丢尽了！”

当天，凤子就消失在黑沉沉的夜里。

家里人开始找凤子，不久，凤子疯疯癫癫地出现在老街上，家里人也不再找了。每一天凤子都在老街上快乐地唱着，她踪影不定，一会儿出现在饭馆的门口，一会儿出现在有烟火的坟头。凤子就住在铁桥下的苇丛里，她的头上插着各种各样的野花，不过总是新鲜的。她常常在桥头一带出没，日子久了，桥头的狼狗都不在意她了。

据说那两个日本兵受到了处罚，又换了一个戴眼镜的和一个长着娃娃脸的士兵。似乎新换来的两个日本兵也知道碉堡里发生过的事，他们对一个疯子表现出了极大的宽容和克制。

大雁又开始南飞了，秋天一过，寒风一阵紧似一阵。人们力争在封江前忙碌完过冬的烧材，大家很少注意到疯子的身影，凤子渐渐被人们淡忘了。

那年冬天的雪格外厚，大雪一过，大地上原有的分明层次被白色一笔勾销。雪停之后，又吹起了北风，铁道线被风吹起了一个又一个雪丘。由于雪的覆盖，使得铁路交通中断。风停的第二天，镇上强令村民出工，清理积雪过多的铁道。风子爹也被勒令出工，他戴着狗皮帽子，在保长的吆喝声中到了站西叫“笔字头”的一段铁道线上。那儿正好可以望到大铁桥头，望到桥头的碉堡,风子爹的老眼就含上泪水。保长见风子爹的模样挺怪，问他咋了。风子爹用袖口揩了一下鼻涕，沉默了一会儿，说：“冻的。”

“还是你闲的！”保长踢了风子爹屁股一脚：“出出汗！”

就在风子他爹清理铁道上的积雪时，一队日本宪兵和警察骑着马来了，叽里呱啦地搜查起来。那些挎着日本刀和刺竹剑，穿通红的长靴，臂戴红白相间袖章的宪兵在风子爹的眼前晃动着，他的眼前开始模糊……

那天夜里，一列通向边境拉军火的火车在大沙河桥头颠覆了。桥头执岗的娃娃脸日本兵被碾得身首分离。

据事后调查，桥头的路基被人掏空了。令宪兵队和警察署不解的是，那么大的洞竟是用木棍和手来完成的，完成那个工程起码也得半年的时间，竟没人发现。

据后来查证，那件事发生在 1945 年 2 月 7 日，离日本投降仅隔 6 个来月。

魔鬼之子

横道河子河西的宋家在东北解放前挺有名的，我说的解放前是指公元1946年，东北土改之前算解放前。宋家是镇上的大户，自己家有门院楼子，并有持快枪的更夫护院。

故事当然不是发生在解放的那一年，解放那一年，宋家媳妇如果活着也该是45岁了，那件事发生时，她才20岁。

宋家的媳妇是里城人（指辽宁人），人长得白净，一双眼睛水灵灵的。我姥姥说她的嘴上有一个灰色的痦子，笑起来，牙青白青白的。

宋家媳妇生孩子的时候是旧历腊月，横道河子漫山遍野都是厚厚的积雪。天晚了，雪色中民房映出来的灯光十分昏暗。现在想象一下，出现这种情况一方面缘于白雪反衬得煤油灯或豆油灯幽幽的，另一方面积雪不仅压满房顶，也把格子窗给遮挡了，首先遮挡的就是窗内向外散出的光线。当然，如果宋家不是在河西，而是在河东离车站较近的地方，也许宋家是有条件安电灯的，电灯雪亮雪亮，在二道岭就可以看到。

那件事发生在平常的一个冬夜，宋家媳妇临产了，当时她身边有接生婆，我姥姥，还有跳大神的麻大仙。

据说当时除了红布、黄酒、香什么的，还有盛了热水的铜盆，以及剪脐带用的张小泉剪刀。我姥姥是宋家媳妇的使女，她当时看着仿佛在油锅里挣扎的宋家媳妇，心痛得泪珠儿挂满了双腮。

接生婆喘着粗气，说再使点劲儿，再使点劲儿，她自己已经满头大汗。

其实那天屋子里的温度并不高，炭火盆里的炭火已经覆了厚厚的灰，只有“芯”有些暗红。

麻大仙手舞足蹈，手鼓、腰铃、唱词，按进度这时候大神二神早已下山，就是迟迟不解决问题，她的头上也满是汗水，汗水从额顶沿耳朵后淌下来，发梢打起了绺儿。

那样的场面持续到第二天凌晨，天灰蒙蒙现出亮意，婴儿的哭声刺破了横道河子的黎明。接生婆说：“谢天谢地！”麻大仙说：“大神二神辛苦了！”我姥姥有些激动，哭出声来。

然而，当接生婆把宋家媳妇生的婴儿用水洗过之后，她惊叫了一声。那个婴儿的头发是白色的，身上的汗毛也是白色的，眼珠儿却是蓝色的……麻大仙也惊叫起来，她又浑身抽搐起来，连忙请胡仙来驱赶新生儿身上的附魔。

宋家媳妇生了魔鬼的儿子像严冬沿着沟塘里肆虐的“大烟炮儿”，很快就蔓延了整个横道河子。

关于宋家媳妇和她生的魔鬼儿子，人们传得有鼻子有眼儿。有的说春天的时候宋家媳妇在二道沟土地庙解手，让四处飘荡的魔鬼附了身。也有人说宋家媳妇在南山向胡仙讨药，她跪的地方正压了魔鬼的经脉。也有的说是“跑毛子”的时候被老毛子糟蹋了。人们对跑毛子还残留噩梦，不过按时间上推算，跑毛子的时候，宋家媳妇刚刚几岁。这样推下来，人们又说可能与铁道上的俄国路警有关，他们常在酒醉的时候到乡下祸害女人。

事实上，横道河子的人，尤其是宋家，更愿意相信宋家媳妇生的孩子是魔鬼的儿子。不过，据说出现了魔鬼的儿子，宋家以及横道河子就将面临灾难。

这种古老的预言使人们深信不疑，直到姥姥去世，她仍然相信那个事实已经出现。

与预言相对应的事实如下：

第二年正月，宋家的老三进山当了胡子，传说他专吃 5 岁以下小孩的心，剥出来，用滚烫的热水氽一下，蘸盐吃。

给横道河子和宋家带来不祥的宋家媳妇在大年前就被赶出了宋家，她用背袋背着“魔鬼的儿子”，消失在茫茫冬夜里。第二年春天，她和魔鬼的儿子出现在幺岭子坡下，她盖了一个地窨子，开了一块荒地，她本是小脚女人，艰难地在有冰碴的黑土地上种黄豆。人们无法解释她为什么会为了一个魔鬼儿子活了下来，也不知道她是怎样生存下来的，当然也有人怀疑当胡子的老三给了她帮助，问题是喜欢吃小孩心的宋老三为什么不吃那个魔鬼的儿子？

12年后，日本关东军进来了。宋家拉起了队伍，在横道河子东的山坡上与戴皮帽子的关东军打了一夜，队伍打败了，宋家只剩一个马倌和一个磨豆腐的小半拉子，后来也不知所终。

宋家是官垦的时候（清末）来横道河子的，他们跑马占荒，置办了家业，没想到，说完就完了。人们确信，早在10年前，那个魔鬼之子的出现，这个结局就必然发生。

1981年，我在哈尔滨读书，在那个城市里我结识几个“二毛子”，其中有位姓宋的，叫宋磷。他说他老家在横道河子，他人特聪明，文学热的时候还发表过两篇小说，语言非常筋道儿。他画的画也好，哈尔滨火车站前公共汽车站的小房子就是他设计并施工的，那个小房子是典型的欧式风格，全木质结构，颜色有些古旧。我暗暗地想，如果宋磷与我姥姥说的宋家的魔鬼之子有什么联系，那就太可怕了，我甚至这样认为：那样的话，这个世界上的事也许早就写在哪一本书里了。

有一年春天我去横道河子，在东山的树林里，我看到一些荒冢，那些荒冢上长着鲜艳的野花。我心一动，想，这里会有宋家媳妇的坟吗？她年轻的时候一定美得如这野花，青春使得她的皮肤饱含着水分，并散发着迷人的气息。只可惜女人的春天太短暂了。

小学教员陈先生

我姥姥认识陈先生时，她已经 18 岁了。陈先生细高个儿，说话的声音十分柔和。

由于姥姥的弟弟在镇公学读书，所以在公学教书的陈先生就有借口去姥姥家，并对姥姥讲一些她不知道的新鲜事儿。姥姥对陈先生十分崇拜，陈先生也对姥姥含含糊糊地表达过什么，不过，姥姥还是不敢有非分之想。姥姥 8 岁的时候就和丛家的儿子定了娃娃亲，从懂事的那一天起，她就知道自己是丛家的人。

很多事情都是后来搞清楚的。其实姥姥认识陈先生的时候，陈先生已经参加了共产党。那是 1931 年底，男人们常聚到一起，议论不当“亡国奴”，不当“后娘养的孩子”，并商讨抵抗小鼻子（日本关东军）的事。转过年，日本关东军沿铁道线杀气腾腾地扑了过来，抗日的队伍就在二道岭与日本关东军打了起来，他们还把二道岭前的铁桥炸了，关东军就从冰面上过河，河心有一段不封冰，水流湍急，冒着如烟的蒸汽，小日本过不了河。一直到第二天，关东军调来了大炮，才把抗日的队伍打散了。

陈先生好像也参加了那次战斗，不过他没随队伍走。日本人占领横道河子后，他仍在公学里教书。陈先生还时常去姥姥家，他挺乐观的，见了姥姥，总是和善地微笑。

春绿秋黄，一晃白露霜冻，接着就下起了小雪。日本占领横道河子后，情况不用说大家也知道，陈先生很少来姥姥家了，姥姥去了公学一次，见陈先生戴了眼镜，脸有些浮肿，表情严肃地走在街上。

就是那年初冬，县宪兵队在横道河子破了大案，一共抓了4个人，三男一女，其中就有陈先生，他们被带到县里去了，也有的说带到了哈尔滨。转过年正月，只有陈先生一个人回来了，他更加瘦削，穿一件黑色的棉袍。

陈先生回来不久，宪兵队又在横道河子南的高丽屯破了案，涉及7名朝鲜族共产党人，不久，那些人都死在了县城。

这样，大家对陈先生产生了怀疑，同他一起被抓的只他一人出来，他可能是经受不住严刑拷打，变节投降了。不然，他怎么会大摇大摆地回到横道河子？并且，回到横道河子后的陈先生几乎变了一个人，他不认真教书，整天泡在“新满洲”酒馆里，喝得里倒歪斜。

姥姥的弟弟失学了，他在镇西一个棺材铺当徒工。陈先生也不再来姥姥家。

第二年春天，横道河子的冰融化了，滚成棉絮状的天空里，有排排鸣叫着北归的大雁，姥姥沿自己家的小院往坡下走，不用走多远就到了小河边，她在河边拆洗冬天的棉被。

快到晌午时，陈先生突然从晾在树枝上的被套后出现了，他目光呆滞地看着姥姥，姥姥吓得惊叫了一声，转身就跑。陈先生在后面追着，姥姥跑到自己家院子的后门，陈先生已经追上了她。陈先生用手关住了院门，气喘着说："你不用怕我，我不是魔鬼……我就说一句话，他们说的不是真的！"

说完，陈先生就消失了，等姥姥回过神来，陈先生已经无影无踪。

陈先生不仅在姥姥的视线里消失了，从那天开始，他也在横道河子消失了。姥姥说，后来有人见过陈先生，苏联红军进东北的时候，陈先生随他们到过横道河子，据说他穿着苏联红军的军官服，戴花边眼镜。姥姥说陈先生到横道河子时还打听过姥姥，不过那时，姥姥早已嫁到苇河我姥爷那里了。

去年，我到黑龙江档案馆查资料，突然想到陈先生，就查了海林市（县级市，横道河子现隶属该市）的市志及黑龙江党史资料，无论怎样都未查到陈先生的名字（或相近的名字），也没有日寇于伪满康德二年在横道河子破获所谓"共党"案的记载。我姥姥过世十余年了，也无法与她印证了。

然而，这个故事埋藏在我心里很多年，由于某种感情上的因素，我还是相信姥姥，相信她不会撒谎的。

绿玉石嘴儿烟袋

大东北的里头，有两个地方产的黄烟比较有名，一个是穆棱产的穆棱烟，一个是亚布洛尼产的亚布力烟，其实林口产的黄烟也是很有劲道的，只是没有前面说的名气大。

二兰子从小就会抽烟，那时候爷爷还活着，爷爷让二兰子到灶坑点烟，一来二去，二兰子就会抽烟了。二兰子 6 岁带弟弟妹妹，原本还有大兰子的，不过二兰子没有印象，母亲说大兰子 6 岁时抽风死了，大兰子死的时候二兰子才两岁。

这样，二兰子就成了长女，她身上的方格背带里背着四妹，手里牵着三妹。在大沙河默默流淌的日子和一些童谣里一点一点长大。“小丫蛋儿，扎俩辫，扭搭扭搭上河沿儿。抠俩坑，下俩蛋儿……”

二兰子 12 岁那年，黑子从三姓（现黑龙江依兰县）搬来，他 16 岁，矮墩墩的。黑子来了之后，二兰子家的后院子就遭殃了。黑子常来溜达一趟，每溜达一趟，二兰子家的小黄瓜纽儿，没红的洋柿子都不能幸免。所以，二兰子看见了黑子，隔大老远，就和妹妹们一起喊："挑水的哥哥听我说，南河沿儿有你的窝，晴天晒盖子，阴天把脖儿缩！"

黑子就哈下腰来，做捡石头和投掷状。二兰子像老母鸡一样，张开两只胳膊，护卫着妹妹们向家里撤退。

黑子顽皮却出奇地勇敢，冬天下雪时，他一口气能套 3 个狍子，有一回，他还用一个木锅盖捉了那条常拦路的活狼。后来大家传开了，二兰子才知道他的方法，方法是这样的：黑子先把锅盖掏了一个小孩拳头大的洞，自己扛着锅盖，抱一个小猪崽儿，到乱坟岗子拦路狼常出没的地方，那里事先挖了坑，黑子就抱着猪崽儿潜伏在坑里，上面盖了锅盖。等狼的时候需要耐心，他就不停地捅小猪崽子，小猪崽发出的声音终于把狼引来了。那条狼撬了几次锅盖也没有撬开，就冒险将前爪从锅盖留下的洞口伸进去。这时，黑子把狼的腿紧紧拽住了，就这样把那个拦路的狼给扛了回来。

打那以后，二兰子见到黑子就有了一种敬佩的目光。

第二年，黑子就扛上了猎枪，成了名副其实的"炮手"。他耐力好，不言不语的，枪打得就跟长眼睛似的，很快，黑子就出了名。

转眼二兰子就到了 15 岁，在满是柞木橡子的林子里，她和妹妹抬着后来做了大干部的老疙瘩（最小的弟弟），一边颠着一边念叨着："呜哇噹，呜哇噹，娶个媳妇尿裤裆。"

“二兰子！”

二兰子一回头，见黑子在林子里探出一个圆滚滚的头。二兰子故意一噘嘴，没理他。

“你过来！”黑子喊。

“过来就过来”，二兰子大步流星地来到黑子面前。二兰子真的来了，黑子反而木讷起来，见他不说话，二兰子说：“你的枪咋打那么好。”

“练呗”，黑子憨声憨气地说：“俺大爷说炮手要眼观六路耳听八方……”

说完，又沉默了。二兰子性急，问他什么事儿，黑子憋了一会儿，“给！”黑子往二兰子怀里塞了一个东西，转身就跑，消失在林子里。二兰子一看，是一个绿玉石嘴儿的长杆烟袋。那年黑子 19 岁。

就是那一年发生了大事，伪满洲国垮台了，小鼻子（日本人）投降了。那一阵子苏联红军的坦克把母猪河的铁桥炸断了，不少小鼻子被隔在母猪河以东。

二兰子的二叔和老叔也是那时候发的财，他们趁小鼻子逃跑的时候捡了四大挂车的洋捞儿，有衣服、毛毯，还有大米、白糖和叶绿素什么的。

黑子则和他大爷专杀小鼻子的逃兵，每天他们都潜伏在路基边的苞米地里，那时，小鼻子都沿着铁道逃往高岭子、亚布力一带，五道林是必经之路。如果有三五成群的小鼻子散兵摇摇晃晃经过，基本上都丧命在他们爷俩手里。黑子最恨小鼻子，有一年，他爹在五道林车站卖菜，看到货车上的柳条筐破了，有一些洋梨掉下来，他好心地报告给一个细皮嫩肉的日本兵，那个小兵听不懂汉语，不由分说，就把黑子爹抓到车站警察队，把他装进麻袋里，在水泥地上摔……黑子爹抬回家的第二天就咽了气。

初冬时，黑子和他大爷已经弄到三十多条快枪，地方维持会成立时，他们一下子捐了出来，黑子也当了五道林保安队的队长。

不久，八路老三团就进来了，一位姓刘的指导员了解了黑子的情况，就找黑子谈，要黑子加入他们的队伍，黑子一时拿不定主意，他对二兰子说："他们让我拉队伍入伙，让我当排长。我琢磨着他们是外地人……"二兰子说："他们说是为穷人打仗。"黑子说："我见过的兵多了，都那么说……再说，他们穿得破破烂烂的，不像个正规军，没好枪不说，武装袋看着鼓溜溜的，其实里边不是枪子儿，是柳条棍儿。"

老三团没住到下雪就向锅盔山一带去了，老三团一走，李司令的"中央军"就进屯了。李胖子在丁超起兵时参加过抗日联军，后来当了胡子，在这一带有些影响。李胖子骑着一匹东洋高头大马，耀武扬威地在老街上走了几个来回。

李胖子请黑子喝酒，他告诉黑子他是"政府"委任的正规军，还当即决定任命黑子为上尉营长。黑子说只要打小鼻子他就去，打完了小鼻子他还回五道林，在山上打猎。

像拉锯一样，民主联军（八路军）来了，李司令的队伍又撤了。那年冬天开始土改，二兰子被选为妇女委员，她的觉悟提高很快，一冬天，领着“翻了身”的妇女和孩子唱歌、扭秧歌，喜气洋洋地过了一个阴历年。

开春的时候，李胖子的中央军被民主联军的剿匪部队打垮了，李胖子和几个土匪头子被押到县城，五花大绑地处决了。二兰子想，黑子可能在打仗的时候，被乱枪打死了。

转眼3年过去了，二兰子当上了二道河子的干部，管了十几个自然屯，有一次回五道林给爹上坟，走到黄泥窝棚的林子里，她看到一个隐藏在蒿草中的地窨子，她警惕地来到地窨子跟前，见一个人影猫着腰，在满是乱草的壕沟里跑着，跑的时候看不见人，只有草在瑟瑟地动着。逃跑的人跑出二十几米，才露出了身子，他像烧煳了的木桩子一样，黑乎乎地望着二兰子。二兰子知道那是黑子，他的身材她太熟悉了。

黑子大概早就认出了她，凭黑子的机警和枪法，二兰子根本无法靠近那个地窨的。

黑子望了一会儿，返身消失在林子里。

二兰子回到五道林，她想了一夜，最后还是向组织上报告了黑子的行踪，第二天，清剿小分队就上了山。

从此，再无黑子的消息。

1995年，二兰子已经66岁，她躺在医院白色的病床上，看着窗外飞动的小鸟，她吃力地从枕头底下拿出一个玉石嘴儿的长杆儿铜烟袋，她的目光迷离起来，慢慢地念一首童年的歌谣：“小鸡咯哒，要吃黄瓜……黄瓜有子，要吃牛腿……牛腿有毛，要吃仙桃……仙桃有尖儿，要吃牛肝……牛肝有血，要吃蝴蝶……蝴蝶上天，小鸡傻眼。”

你　舅

老屯一条长长的穿糖葫芦街，扬尘爆土的。

高坡的铁道线与街平行，在南边。晚上过火车，枕头都跟着颠动，习惯了，一样睡得贼死。低坡有条大沙河，也与街平行，在北边。那河里几十年没断鸭鹅，在石头窝子和柳毛棵子底下，小孩常去捡丢蛋。

屯里的媳妇对孩子称为舅的人，叫“你舅”。叫出了年头，我上辈分的人也习惯这么叫，以致男人和晚辈也叫他“你舅”了。

“你舅，真早起呀！”大早的街上，人脸还恍恍惚惚，有人问。你舅总是一弓身子，哼哈着：“你早你早。”

“你舅，听旁人说你得了金马驹，可是真？”又问。

“甭听胡咧咧，甭听！”又一弓身。

你舅心情愈加好，下坡去遛河套。你舅哼着二人转的调儿，向来很认真。你舅记性还好，凡他听过的段子，都烂熟于心，即便听了上句没下句，也能顺下来，遗憾的是，老屯的人从来没听过你舅正儿八经地唱过，登场造化的事儿他绝不肯做。

你舅还懂点医道，有二绝：一是大膏药，无论疮疖疱痈，一贴就好；二是接骨治创，传闻他的接骨药，把高粱秆砍断，抹上药，高粱立时就接上了，连叶子都不打蔫。给折骨的人糊上，能听到骨头连接时嘎巴嘎巴地响。传说归传说，不过他的确治过不少病人，只是很少有重伤的。据说他还会镇妖驱邪，一年邻居老王二姐惊哭惊叫，自称是黄狐大仙下凡，两个棒小伙子按不住，你舅一把杀猪刀插在腰间，一碗老酒三炷香，老王二姐就消停了。

你舅不吃叶烟，是屯里为数不多的吃香烟的人。

还有，你舅生气的时候爱说："美吧美吧，快天塌地陷了，百兽一起下山吃人。"

人的一生，即使相似，不同的人，有的苦乐尽知，有的平平淡淡，有的稀里糊涂。老屯的人根本没有档案，只是在人家眼睛里，言谈中存在而已。

年轻那会儿，你舅独吞了家产，被两个哥哥恨得要死，恨只管恨，尚也无用，最后因为借秤一用，也得笑脸迎着你舅。

小日本投降那阵儿，屯东山上的军营被逃走的小鬼子烧着了，大火把东山烧成了酱色，老屯人去抢布匹、粮食，结果一个大爆炸，死了两口子，没有人再敢上了。军营的火烧了两天一个晚上，大伙儿心痛："东西糟尽海了！"这功夫，你舅从关帝庙那边拉回满满一马车洋捞儿，应有尽有。

以后就是单干，互助组、合作社、高级社，"一呀一头牛呀，两呀两匹马……花轱辘车呀，轱辘轱辘转呀”。你舅念过几日私塾，有点墨水，总有用处。人民公社，他又在小队当会计，一来运动，你舅就躲在一边，好赖不沾边。

一晃又三十来年，无灾无难。“这老爷子，一辈子可享老福了。”好些人背地里这么说，就这么一个结论而已。

你舅的老婆六婶，是个慈眉善目的人，但很少见她出门，也不串门，也不扯老婆舌，只是正月看热闹，才出来望望。她的脚是标准的三寸金莲。

“你舅和六婶忒好”，外人这么说；也有人说六婶穿灯笼裤（单裤），在院子站一宿；六婶吃粗粮，细粮全是你舅吃——这都不好说。

六婶是过60岁死的，你舅多活了10年，比六婶还多看了电视，还多知道许多事，别的不说，光是戏（他当然以为是戏了）他知道二人转外，还有相声、木偶剧，那年三十儿晚上，还有个不出声的人吃鸡，“那鸡筋真经扯……”你舅笑得上不来气儿，“一定是个老鸡！”他想。

阴历年一过，你舅就奔黄泉了，谁也没惊动，死的那天夜里，大沙河依旧默默无声地流淌着岁月，火车依旧在高坡上咣当咣当地过去了。

天，照旧亮了。你舅家门口围上不少的人，有人说：“瞎了他的手艺，啧啧，真绝！接骨嘎巴嘎巴响。”

你舅留下一本家谱，但没有写他自己。

小白菜

小白菜住老马家东头。

小白菜最怕听唱《小白菜》，谁一唱她就哭。

“小白菜呀，地里黄呀；三两岁呀，没了娘呀。”

小白菜是6岁死的娘，8岁她爹娶了后妈，她被无儿无女的老姨领去。小白菜懂事早，9岁就围着锅台做饭，她人干净，长得俊，14岁就成了老屯的一枝花。

17岁那年，她辍学到生产队里参加劳动，下工，在地边的小水沟洗脚，涮锄头，从水中，她看到身边一张清晰的小白脸，她低下头来，转身匆忙往家赶。后来每次下工，都有个白脸小伙子在后边保护她，她偷着一打听，白脸小伙是西街老王家的独苗，不但人长得好，还懂事儿。

第二年，白脸上伙子调到大队当会计，不能跟她下工了，每天早晨就在她家对面的房山头站着，瞅她的窗户。小白菜也暗自倾心于小伙子，常做梦，梦中那个小伙子和她做了不光彩的事，她怕得要命。后来，她几次躺下想重温那梦，一直再没有出现。早晨，她就拿出小镜子反照着窗外，看那个白脸小伙子。有一天，小伙子发现她瞅他，对她一笑，小伙子的牙很白。

修水库那会儿，小白菜跟着出民工，她被安排到伙房做饭，屯里的一个黑脸小伙也时常来帮她担水，黑脸小伙子总是阴着脸，不愿说话。顶多说句口头语："哪那么多毛病！"他默默地帮小白菜干活，小白菜想对他说声谢谢，一直也没机会。为了给队里改善伙食，她和黑脸小伙子到水库边的小河流去憋亮子，把一段小河沟的水憋干，逮泥鳅。那天天晚了，他俩就用艾蒿拢了一堆熏蚊草。

"你总是不吱声儿，光帮我干活，我真该好好谢你。"小白菜说。

黑脸小伙子直怔怔地瞅她，还一声不吭。

"等我给你用油炸一盒泥鳅吧。"小白菜说。

黑脸小伙子根本没听小白菜说话，"忽"地扑过去，一把把小白菜抱在怀里了，小白菜惊慌地叫了一声，黑脸小伙子还紧紧抱着她。那男人的汗酸味儿让她发抖，她第一次被一个火力盛旺的男人抱着，她身子发热，也酥软了。

山洼的蛤蟆响成一片。

小白菜回到老屯，她又看到老王家的小伙子，小伙子每天早晨准时站在房山头，小白菜死死地哭了一场，她失了身子，再不能想白脸小伙子了，镜子也被她捣得稀碎，手指划破，血蹭得哪儿都是……直到她嫁给黑脸小伙子的头一天，白脸小伙子还在房山头望着。

一晃10年过去了，黑脸丈夫在修水渠施工放炮时殒命，撇下了小白菜和5个张大嘴巴要饭吃的孩子，那年头正赶上自然灾害，小白菜不得不半夜里去偷生产队的作物，赶上什么偷什么。一天，民兵队长带人去小白菜家的仓房查赃物，结果空空如也。小白菜清楚地记得，仓房里放了一些土豆和白菜，不知道为什么自己长腿跑了。

到了交公粮的季节也是小白菜最冒险的时候，她把偷来的粮食藏在菜窖里，这次她可没那么幸运了，她早就被公社派来的工作队盯上了。

开仓检查，粮食又不翼而飞。没多大的功夫，旁边菜窖里发现了粮食，那个菜窖正是当年的白脸小伙子——陈会计的。

陈会计被隔离审查。

月黑夜，小白菜偷偷去给陈会计送煮好的鸡蛋，不想，偏僻路同样是凶险的，小白菜掉到一眼废弃的枯井里。那眼枯井干涸了多年，谁也没把那个多雨的秋天和枯井联系起来，进去之后，小白菜就没能出来。

多年以后，当年那个白脸小伙子已风烛残年，他颤颤巍巍地走在春天的河坝上，看到甸子里点点染染的山花。从他家到大坝，必然会路过埋葬小白菜的地方，奇怪的是，那个地方从没人打理，却不断长出野生白菜，随着春天的到来，一茬一茬从未间断。

齐奶奶

齐奶奶是屯里的老户。

齐奶奶半小脚，戴耳坠儿，一直梳着疙瘩鬏儿。

齐奶奶一生中讲话，有三分之一是迎合别人的话：“那赶是，那赶是。”

齐奶奶生过3个孩子，两个没活过10岁就病死了，剩下一个，18岁那年跟她爹挖日本人丢的炮弹卖铜壳，结果爷俩儿一块儿被炸花了。

齐奶奶35岁守寡就没再嫁人，第二年她去了小叔子家，小叔子的媳妇得了肺结核，已经上气不接下气，扔下的4个崽儿，4个孩子一起叫她“娘”，那时，4个孩子中，大的5岁，小的还没过周岁，小的整天偎在她怀里要吃咂儿。那年秋天，小叔子的媳妇也死了，4个孩子结结实实地扔给了她。

孩子一天天长大，她却累脱了相。小叔子在铁路当临时工，每月只回来一次。一天夜里，在外屋板铺上躺着的小叔子摸索着上了炕，在她的胳膊和腿上轻轻地亲，她紧闭着眼睛，身子开始微微发颤，呼吸也十分困难。小叔子又往上凑了凑，嘴唇贴上了她的嘴唇……她哇的一声坐了起来，盘腿坐在炕角嘤嘤哭着。小叔子慌了，一边哭，一边骂自己不是人，在自己脸上抽嘴巴。他非常尊敬嫂子，恨不得变牛变马，报嫂子的恩。当天晚上，小叔子顶着月黑头回工地去了，每月还往家里捎钱，就是不见人回来。后来，在修大铁桥时，小叔子被葬在河床上。

天不亮，齐奶奶就起床了，她在后岭捡一背干柴，再去沟膛捋一麻袋猪菜，回家时太阳还没出来。屯里人见到她，说："惜命吧，骨头会糟烂的。"

她说："俺命不值钱，要紧的是几个娃儿。"

缺粮那几年，干起活来她直吐酸水，旁人劝她，她说："惯了，惯了就不觉得了。"回到家里，她只喝煮豆子的盐水，吃孩子剩下的土豆皮。孩子见她不吃，问："娘，你不饿？"她说："娘饱了，你没见娘肚子鼓鼓吗？娘饱了。"

孩子们睡去了，她还缝衣服缝到大半夜。眯一觉儿，等天麻麻亮，她捶了捶浮肿的腿，又下地了。

秋后，她去岭前捡地累吐了血，孩子问她吐的咋红，她说："娘烂牙花子，一吮就出血。"

冬天，她拖着不听使唤的身子，穿着露脚后跟的旧鞋跟着雪地里雀跃的孩子们，眼角挤满密密的笑纹。

孩子一个个大了。大孩子 19 岁，邻近的小煤矿来招工，生产队照顾她家困难，让老大去了。开始几年，老大还知道往家里寄钱，后来娶了媳妇，媳妇说不是亲妈犯不着管，还不时跟老大打架,加上老大又染上抽烟喝酒的毛病,久而久之,渐渐把家忘了。

老二被征兵入伍了，老二打小就老实巴交，忒听话，到部队后，很快提升为班长，转年又提排长、连长，留在部队了。当兵期间，老二只回家一趟，3 个月给她写一封信，不外乎：“敬爱的母亲，见字如面……不要挂念，我一定争取为人民立新功。”她听着，脸上扭动麻绳般的眼泪，喃喃着：“那赶是，那赶是，老二出息了！”

老三在队里油坊干活，整日不焉声不焉语的，看似老实，其实性子非常火暴，一次因为一点小事儿跟人打起来，对方是哥俩儿，打仗老三吃了大亏。事情过去好久了，老三仍记恨在心，一天，老三遇到兄弟俩中的一个，就顺手操起立在墙边的三齿耙子，一闭眼睛刨了过去。耙子不长眼睛，一下子刨到了对方的要害处，没卷一支烟的工夫，那人就咽了气。后来老三被公判了，齐奶奶由此大病一场，彻底伤了元气。

老疙瘩紧跟着也长大，嗓音变粗，下巴生出软茸茸的胡子。只可惜这小子打小就养成了又懒又任性的毛病，15 岁就不上学了，3 年后到队里干活，吊儿郎当，整天跟在姑娘屁股后转。齐奶奶听说后骂他，他立即冲齐奶奶瞪眼，骂道：“你个老不死的，多管闲事。”

秋雨季节，齐奶奶冒雨看了一场电影，边看边流泪，她从没为自己落过一滴泪，看电影她却哭得够呛。看完电影走了 6 里路，回到家她再就没起来。

齐奶奶家的房后，有一株不知长了多少年的老榆树。老屯曾着过几次大火，都是一漫三里。火灭了，焦煳味儿的浓烟连冒 3 天，但树没死，屯里人发现：老榆树除了被熏黑了和枯了一些枝叶，病病歪歪的样子，但里层仍是青绿。

遇到春天的大风，老榆树的树洞里发出奇怪的声音——那赶是……那赶是。

刘海儿

旁人叫她刘海儿，她娘叫她妮，说：“妮子，疯啥去？”

妮子并不真疯，愿欢。比如藏猫猫，跳猴皮筋，过家家，踩格儿什么的。她家是苫草的矮房子，半坯，比别人家房子矮一头。窗户直接对着房后的街道，窗台和土路一齐。窗子上下两折，下边的钉住，上边的分扇开。冬天那窗户捂上厚厚的油渍渍的大棉帘子，用洋钉子钉上。夏天入夜，那窗大开着，屋里边透了气儿。为防有蚊子，灭灯后才把窗打开，或者燃一堆熏蚊草。

“滚里边去睡！”妮子爹蹬她一脚，自己守着窗户边儿，这行动对憨实的妮子爹来说是有原因的，后面说。

妮子的皮肤天生又细又白，一双冬天不冻井的眼睛，上面垂两绺刘海儿。小学演戏，数她最引人，刘海儿油黑漆亮，台上台下都随她的眼珠儿转。散戏的路上，屯里人说：“那个丫头演得真哏！”

“哪个？”

“那个梳刘海儿的。”

“老山东刘大的妮子……”

“刘海儿”，别人称她。后来屯里人都那么叫了。

雨天，她家的窗后水沟蓄满了水，雨水从窗台流进来，她娘喊：“快点儿妞子，到外屋地去，拿咱家的铁锨，撮一下小灰，把后窗掩上。”刘海儿跳着格子步，哼着小调儿把后窗列上一行锅灰。然后趴在窗台上，用手接着房檐漏雨，雨豆儿从指缝溜走。

“大雨大雨冒泡，王八王八来到。”声音传到马号那边的老榆树下，白愣子老头儿蹲在那儿，看街河上跩跩的鸭子，呱呱地追着跑着。他吸着烟，有滋有味儿。

一天，白愣子老头儿把刘海儿爹拉到背阴处，神叨叨地说：“大兄弟，可不得了。你得管教管教你家丫头片子。”刘海儿爹吭哧半天才说：“俺妮咋啦？”白愣子说：“咋啦？那天下雨，你家丫儿和村东马家小宣子在西泡子里玩水，还用嘴咕噜泡儿，全光着腚。”

刘海儿爹回家，先让刘海儿趴在炕上，然后撸胳膊挽袖子，“你娘的，再叫你跑骚！”挥起笤帚就打，直打得笤帚扎散。接着让刘海儿下跪，跪一下午，三顿饭不给吃。最后刘海儿瘫歪在炕上。

刘海儿依然还有笑声，还跳格儿，只是偷偷跑到自家的菜园子里，一边摘着豆角儿，还一边唱歌一边在垅台上编起花步。

“快点儿妮子，等豆角下锅呢！”她娘一边往锅里倒油，一边朝门外喊。刘海儿应着“哎！”从墨绿之中伸出白净的脸，额前的头发和眼珠儿油黑油黑。

刘海儿15岁辍学劳动，刨苞米茬子、上粪、点种、铲地，一冬一春跟大帮儿哄了两年。年终分红，她把钱全交给爹。黄灯下，他爹龇着碎高粱牙，一层一层把钱包在布里。想起自己离开山东老家到东北落户，苦巴苦业10年，觉得终于有了盼头。一高兴，对刘海儿说：“明儿俺给你买两盒‘握手烟’。”

握手烟是刘海儿和小宣子分着抽的，小宣子赶队里的马车，鞭子甩得脆快。叭叭叭三鞭，刘海儿一听就辨得出来，立刻跑到场院里。两人点上一支烟，你抽一口我抽一口。抽完了，小宣子开始瞅刘海儿，刘海儿提议两人对瞅着，谁先眨眼谁是狗。瞅一会儿小宣子发愣地说：“你的刘海儿真好看。”

“德性，谁稀罕你说好。”

“叭”小宣子抽冷子从她头上拔下一根头发。

“死鬼死鬼！”刘海儿跳起来，抓起谷草向小宣子头顶扬撒。

小宣子把头发粘在自己手心，再把手倒过来，头发竖着不落。小宣子大声说：“看吧，咱俩一个心眼儿，嘿，不二……”

突然，刘海儿一猫腰跑了，小宣子回头一望，见白愣子老头儿的头一闪，躲到谷堆后。

夜里，刘海儿被他爹吊在房梁上半宿。

打那后，刘海儿爹不准她再出门了，夜里听到窗外野猫叫，他也朝刘海儿那边蹬一脚：“朝里边去睡！”

然而，有天半夜刘海儿他爹被一个鬼梦吓醒，揉揉眼睛向里炕一瞧，灰蒙蒙的月光中，靠窗的炕上空着。他喊了两声“妮”，没有人应。他伸手摸，刘海儿不见了。他死劲蹬了一脚睡得死死的老婆，连忙从敞开的窗户爬出去，沿街喊起来。他穿着大裤衩子在外面转了一大圈，直到天亮也没见到刘海儿的人影。

3天后，人们从铁道的桥洞子里找到了她。她回来傻呆呆的，专注地听着草房尖的鸟鸣。唱：“天上飞的是凤凰，地上走的是鸳鸯……”她娘哭得死去活来，她爹骂：“你娘的，都给我去死！”

刘海儿被远远地嫁给后山屯的一个半彪子，比她大10岁。送亲时，屯里人大半都出来了。刘海儿在驴车上傻笑，说：“怎么这么多鬼呀！”大伙在底下哄笑。走的那天阳光灿灿，岗坡大地一抹墨绿，铁道边开着一片灿黄的野菊。

刘海儿再也没有回来过。有人说她生了3个孩子了，都很精。有人说她已经彻底疯了，披头散发在街上唱。白愣子老头儿对她爹说：“丫头真疯了吗？偏方治百病，我打车站听一个城里人说，有病的人每天晚上喝碗凉水，百天之后，啥病都好。”

不知不觉又过了好些年，屯里的人都忘了刘海儿。一日夜深，刘海儿爹从炕上一翻身，向刘海儿娘的胸前蹬了一脚，嘟哝着：“妮子，滚里边去睡。”

堂　舅

我一共见过堂舅 3 次。

第一次是 9 岁时，母亲带我参加堂舅的婚礼，那时候已经提倡新事新办，婚礼简朴得跟现在的座谈会差不多。不过婚礼一过，堂舅还是对远道来的亲戚招待了一下。我也是那天看清堂舅模样的，他四方大脸，浓眉阔目。堂舅当过兵，是大队里的民兵连长。他说话的方式同小镇上的人不太一样，比如他不说土话，把“咱那疙瘩”说成“我们那儿”。

新的堂舅妈脸色白里透红，眼皮有个肉色的疤瘌。她一边收纳亲戚给的礼包，一边甜甜地叫“大姨”“二姨”什么的，随礼都不大，1 元 2 元的，我母亲给得最多，3 元。母亲对我解释说，因为我们是城里的。新的堂舅妈还亲热地拍拍我的头，说这孩子，虎头虎脑的！她口腔里呼出的气息十分好闻。

堂舅家用新花纸糊了棚顶，一对令人羡慕的漆了红色的木柜摆在地中央，那上面放了一排空罐头瓶子。罐头瓶子是一种财富的象征，即便像我母亲说的“我们城里人”，也没吃那么多的罐头。在红木柜的上方，挂一面镜子，镜子上挂几串绿色的装饰葡萄。我站在柜子上捅了捅“葡萄”，“葡萄”的软皮破了，绿水流了出来。母亲在我的胳膊上拧了一下，挺重的。多年后，我才知道，那些“葡萄”是避孕套灌了绿色的水，再用线系出一个一个“葡萄”。我想，堂舅妈是热爱生活并且会生活的人。

后来我编了一首童谣：“姥姥家开喇叭花，堂舅娶了新舅妈，舅妈长着玻璃花，乐得堂舅搬脚丫。”我想，我的“灵感”大概源于那一段生活经历。

第二次见到堂舅时，我 15 岁了。本来是乘火车去横道河子玩的，到了中午，饿得忍耐不住，就找到了堂舅家。到堂舅家时，我惊讶万分，堂舅家破败得不成样子。堂舅妈像一个老太太，黑瘦黑瘦的，她坐在炕上围着大概是家里唯一的、露着棉花的破棉被。她身边还有几个孩子，我这才知道，我已经有了 4 个堂弟了。

堂舅回来了，他也成了半大老头儿，确认我的确是他家的亲戚之后，他说：“在家里吃饭吧。”

我来堂舅家的目的就是找饭吃，虽然嘴里客气了几句，还是留了下来。

我对堂舅妈说，她曾摸过我的头，还说我长得虎头虎脑，长大必有出息。堂舅妈目光恐惧地看了看我，没言语。

堂舅说她已经病了好几年了，心脏病，不能见生人。

见到这种情形，我说："我走吧。"堂舅把我拦住，几个堂弟也纷纷跳下炕来，有的拉我的胳膊，有的抱我的大腿。他们的生活那么困难，好客的热情却十分高涨。

我在堂舅家喝了 3 碗二莅子（中粒的玉米）粥，菜是干萝卜片炒木耳，几个堂弟疯抢盘子里的木耳，堂舅妈就用筷子大力抽打孩子的手背，一边抽一边说："给你爸留着，给你爸留着。"

我心里特别难受，堂舅家原来的东西都没有了，两个柜子也没有了，只有一个搪瓷缸子，那上面模糊着暗红的图案，大概是堂舅从部队带回来的……我相信，那顿饭对于堂舅来说，已经倾其所有了。

第三次见到堂舅已经是 1981 年了，那年我参加了高考，由于去探望一个中学同学到了横道河子。

到了横道河子，才知道堂舅在横道河子已经非常有名，他是扒火车的高手。那时，堂舅妈已经过世，堂舅自己抚养 5 个孩子。所说的扒火车高手，是指在货车上偷东西，火车在横道河子车站加水的时候，堂舅就偷偷地爬了上去，火车开出小镇，堂舅就把货车上的东西往下扔，堂弟们守候在路基两边儿。粮食、水果、煤炭……遇到什么扒什么。火车到二道岭转弯处车速慢了，堂舅就跳下车。走一个多小时，与自己的儿子会合。晚上，则满载而归。

堂舅就这样把 5 个孩子养大了。当然，堂舅也被抓了无数次，种种原因，堂舅并没有蹲进大狱。

我去堂舅家时，堂舅正蹲在院子里，他目光警觉地看着我。或许是当年那顿玉米二糙子粥，我对堂舅念念不忘。我给堂舅买了两瓶酒，还买了一条“大前门”烟。堂舅看我还没忘了他，他的心情不错，命令几个堂弟杀鸡，非得与我喝一顿不可。那是我第一次喝白酒，喝得我热血沸腾，光着膀子在横道河子的河边乱跑起来。

时隔不久，我听到堂舅被火车轧死的消息，他是在扒火车的过程中被轧死的。堂舅死了，我与堂舅家的联系也断了。一天，堂舅突然来找我，他脸上挂着灰，眼睛却笑眯眯的。我惊讶地问他：“您没死吗……”堂舅说：“那是误传，我没让火车轧到，没死！你看，我这不是好好的？”我伸手去摸堂舅……我呆呆地坐在床上，浑身冷汗。堂舅的模样在我脑海里活灵活现，只是时至今日，我还不知道他的大名。

最后的老叔

老叔大名叫林记忠，1952 年参加工作，一直在铁路上当养路工。

老叔退休的第二年，老婶就走了。老婶在老街出了名的厉害，嘴快、手快、性子急，她骂骂咧咧管了老叔一辈子。本来活蹦乱跳的，可说死一下子就死了。

给老婶送行那天，儿女们一个赛一个地号哭，老叔则没掉一滴眼泪。老婶虽然对老叔多有管束，却也真心疼他，就在供应粮紧张的时候，家里仅有的一点细粮也给老叔吃。老叔不哭并不是对老婶没有感情，他没有眼泪。

老婶走了，老叔还住原来的房子，那是一间老房子，砖瓦结构，外墙涂土黄色颜料。过去，外墙由铁路上统一粉刷，5 年一次，而里面几十年如一日，已经破败得不成样子。老叔家的习惯是不烧煤，烧沉淀着大量灶灰的玉米秆儿，屋里整天弥漫着浮尘。那间房子在铁道的路基边儿，出了门就可以闻到铁道上金属摩擦的味道以及火车滴落的机油味儿。老婶一走，房子里空空落落的，老叔常常拿着小板凳在朝阳的墙边坐着，他戴着狗皮帽子，抄着袖子。下雪之后，一大群麻雀落在他眼前的空地上，蹦蹦跳跳。老叔的眼里仿佛有无边无际的岁月。

老叔上面有 6 个哥哥，他们都比老叔聪明，都比老叔能干，可他们谁也没活过老叔，他们没看见过电视，没看见过动画片，没看见过球赛……当然，也没吃过冰激凌、喝过可乐，没穿过鸭绒棉衣。

大哥是老街有名的“炮手”，打猎的时候基本靠感觉，根据风速和听觉，枪响了眼睛才望过去，百发百中。那时候大哥和俄国人做生意，虎皮，豹皮，红狐、白狐、蓝狐皮……大哥提供的都是上等的皮货。后来，大哥染上了大烟瘾，把兴起的家业败了。一年冬天，他在二道岗子打猎，被一个子熊舔了……传说他在遇到子熊的时候犯了大烟瘾，不然，那个子熊是斗不过大哥的。大哥死的时候，老叔还没出生，他只是在别人的讲述中了解了有关大哥的情况，在脑子里想象大哥的模样。大哥没有留下照片。

二哥毕业于国民高等学校，伪满洲国时，他在牡丹江当铁路警察，他喜欢演戏，回家的时候，他就套上戏装，演起了昆角。他的嗓子好，据说是为数不多的使用鼻音入唱腔的人。后来，二哥回家了，他在老街组织了剧社，开始巡回演出。土改时，二哥作为“伪警、宪、特”被揪了出来，本来他没有什么血债，人缘也不错，陪斗也就算了，谁知，运动越来越轰轰烈烈，二哥被吓破了胆。那次开斗争大会，他让剧社的人把他藏到菜窖里。斗争大会过去了，第二天打开菜窖，二哥已经被熏死了。

接下来是三哥，民主联军到老街招兵时，那个大胡子指导员叼着烟袋，耐心地做三哥的思想政治工作。三哥跟着部队走了，他有文化，作战又勇敢，到解放四平时，他已经是副营长了。然而，就在解放四平那场战役中，他牺牲了。

四哥跟三哥的经历差不多，也参军扛枪了，所不同的是，他在朝鲜战场上还没等接触到敌人，入朝不久就被炮弹炸死了，尸体都没留下。

五哥则是在“文革”武斗的时候死的，老婶做出如下解释：他五大爷（五哥）打死过猫头鹰，必招报应的。

老叔对六哥的死更是记忆犹新，那时候粮食不够吃，六哥的孩子多，他只好在车站捡破麻袋落下的黄豆和玉米。后来，六哥渐渐发展到扒火车上的粮食，一扒就是两年，后来出事了，铁路保卫组的人带着枪去抓六哥，押到火车上，火车开了，六哥跳了出去。他跳车的地方就在家门口，路基的石子上染了紫黑的血。老街的人都跑去看热闹，那天天热，槐蝉沙沙响成一片。六哥死了，他扔下了 6 个孤儿，最小的才 5 岁。

这样想来，老叔觉得自己还是最幸运的，虽然这辈子没什么作为，却也平平安安，他从不争什么，不斗什么，不多说话，不生闲气。人活着不就是为了吃得饱穿得暖吗，不管你怎么花言巧语，到头来还是那两个字：生活。老叔想。

下雪那天，小儿子回来了，他接老叔的班，也在铁路上工作。小儿子愁眉苦脸的，说近两年效益不好，五道林小站可能得撤，他面临着下岗。

老叔什么也没说，他知道说了也没用。就在小儿子为工作发愁的时候，老叔还去看了人，准备续一个老伴。

老叔相亲回来，心情很好。他将小儿子的孩子抱了起来，乐呵呵地逗着孙女儿："说反话，大扁头，俺家有个草吃牛；东西街，南北走，南北街上人咬狗；拿起狗来打石头，反叫石头咬着狗的手……"老叔说，他一定要活到 99 岁。

白 玲

我的初恋是从一位叫白玲的女同学那儿开始的，那时刚恢复高考不久，大家正忙着复习以应付7月份的考试。白玲坐在我的前排，每次她走向自己的座位时都朝我瞥一眼。按理说那个时候是不宜分心的，不过，我是个自控力不强的人，所以我不可能为一种哪怕是重要的目标而放弃追求自由的个性。这样，白玲引起我的关注。

白玲长得漂亮，肤色健康而红润。有几个学习成绩不好的男同学背地里叫她黑牡丹，并打她的主意。我属于学习好一些的，是白玲先打我的主意的。我不是胡说。

一天下午，只有我和白玲在教室。白玲的脸有些红，他问我："你为什么总看我？"

我愣住了，说："你不看我怎么知道我看你。"

白玲说："我看你的眼神里有别的意思。"

我说："就算吧，怎么啦？"

白玲有些难为情地低着头，过了一会儿，她的手从桌子底下伸了过来，像长了眼睛似的，正好放在我的手里。我第一次这样大面积地接触女人的手，握的时候不停地发抖，没多久手就湿漉漉的。

那天，我知道白玲家住在横道河子，大概由于白玲的父母认为横道河子学校的教学质量不如市内，所以她住在她姨家，并与我成了同学。

从那以后，我陶醉在朦朦胧胧的初恋中，几乎每天都和白玲递纸条，没有重要的事也递纸条，递纸条成了我们初恋的重要形式也成为不可或缺的内容。

除了递纸条，我和白玲的幽会是在她姨家进行的，她姨和姨夫都在林业机械厂工作，住在林机厂职工宿舍的二楼。那一段日子，红星电影院正演一个国产反特片，电影里的女特务接头时在窗口摆了一盆花。白玲的领会能力很强，她如法炮制，她姨家没有人的时候，窗口就有一盆仙人掌，看到仙人掌，我就可以大大方方地上楼。其实在白玲姨家，我们也没做越格的事儿，最多就是抱一下，连接吻都不敢。

一个星期三，按计划我又可以到白玲姨家与她幽会。我骑着自行车，到白玲姨家的楼下时，发现窗口没有花。我站在楼下等了一会儿，窗台上仍毫无动静，我就骑上自行车去了新华书店。

从书店返回，我再次来到白玲姨家楼下。这时，我被派出所的一个矮个子民警抓住了。他像对待犯人一样审问我，我只好把与白玲约会的实情讲了出来。矮个子民警不信，非得让我带他去找白玲对证。无奈，我和矮个子民警上了楼，敲开了白玲姨家的房门。

那天，我们班的几个女同学正在白玲家，她怎么也不会想到我会突然出现，并且，带了一个警察。更糟糕的是，那个矮个子民警不让我说话，他直接问白玲："他是你对象吗？"

我和白玲的约会一直处于"地下"状态，在几个女同学面前，白玲怎么回答的可想而知了，那个矮个子民警不由分说，把我双手反剪，绑上警绳，押到派出所。

原来，白玲姨家楼下的小棚子连续被盗，矮个子民警在走访调查时，别人提供线索，说有一个穿喇叭裤的小伙子在这儿转来转去，还贼眉鼠眼地往楼上张望。他们对民警描绘的犯罪嫌疑人就是我。

后来搞清楚了，我没事了，不过，我和白玲的初恋就此中断。

不久，高考成绩发布，我进入重点大学分数线，白玲却落榜了。9月份，我接到大学的录取通知书后，就立即去横道河子见白玲。在横道河子我还看望了我的一位堂舅。我记得在横道河子的两天，我和白玲在东山那个废弃的木质教堂里游玩。在那里，我们中断的恋情又接续上，并私订了"终身"。

我到哈尔滨读书去了，白玲在横道河子复习，准备再考一年。我们几乎每3天通一封信，有谈不尽的话题。到了第二学期，我给白玲的信渐渐少了，原因自然在我。那时，我是学生会的骨干，也过早显露了所谓的才华，所以我身边自然出现了比白玲显得有修养的女孩子，我成了“陈世美”。白玲知道这件事后在信里痛痛快快地骂了我一通，我觉得有些委屈，我没与她“那个”过，我怎么会是“陈世美”？

我的初恋结束了，白玲最终也没考上大学。我毕业的时候，白玲已经结婚。据说她丈夫是横道河子一霸。也许，白玲找这样的丈夫是针对我的，说不准什么时候，她丈夫会来找我，并报以我老拳。

一晃十余年过去了，我和白玲都沿着自己的人生轨迹生活着。去年，我回老家时突然想去横道河子看看，当然，也想见一见白玲。

在横道河子镇，我知道白玲的生活境况十分窘迫，她原来在横道河子果酒厂工作，20 世纪 80 年代那个酒厂红火了一阵子，进入 90 年代就滑坡了，她已经下岗四五年了。她的丈夫也早在 3 年前就进了监狱，因为强奸幼女，被判了无期徒刑。

白玲在横道河子的口碑也不好，她丈夫在家的时候，据说她和果酒厂一位实权人物通奸，传得沸沸扬扬的，她丈夫把那个人痛打了一顿，险些出了人命。

不管怎样，我还是看望了白玲。白玲穿着起码是 6 年前流行过的衣服，十分不合体地出现在我的面前，人苍老了很多，皮肤早已失了水分。不过她在我面前还是有些忸怩。不知道为什么，我觉得我愧对白玲，我想，如果白玲和我结了婚，肯定不是这个样子的，女人在于男人来塑造。反过来说，男人是不是也一样呢？

那天晚上，我在镇长和县宣传部干事的陪同下，喝得酩酊大醉，一边流泪一边嘟哝着不着边际的话。据说，镇长被我的样子吓坏了，他对宣传干事说：“这扯不扯！这小子属于哭酒杯型的……一顿酒可别整出别的啥事儿。”

擦肩而过

我毕业时在一个比较冷门的研究所工作，所长与我同姓，也姓张。他是“文革”前大学毕业生，比我大 20 岁。尽管我们之间有年龄差，不过，友情不赖，并以兄弟相称。刚工作那会儿，我是快乐的单身汉，所以，常常去他家蹭饭。当时，老张家里除了“我大嫂”之外，他还有两个女儿，大女儿叫“舒”，二女儿叫“畅”。那个时候，舒也就十五六岁，畅十一二岁。她俩对我都十分友好，总是“叔叔”地叫我。

几年之后，老张的两个女儿都长大了，而且考上了重点大学。

主要说的是舒。舒上大学时，我给她送过行。那天，大嫂做了 8 个菜，气氛热烈，我主动给舒敬了酒，还以长辈的口吻对她进行了鼓励和教诲。舒把自己杯里的红酒喝了，她喝酒的时候，我发现她的脸上升腾起两朵绯红的云霞。这时我才感觉到，舒已经长了，真应了女大十八变的那句老话，她由我印象中的小女孩儿变成了女人，变得娴静而美丽了。

晚上 8 点，我随同老张一家人去火车站送行。在站台灯光的映衬下，舒的眼睛里闪烁着晶莹的泪花，上车前，舒对我们深情地回眸一望，在那一瞬间，我觉得自己怦然心动了。当时，我立刻想到我比舒大十多岁，并且，我是她的长辈——“叔”。我平静着内心，并有了羞耻和罪恶感。

那之后，我调离了研究所，结婚生子，忙忙碌碌，可我与老张仍旧友好地来往。关于舒深情的眸子，也被堆积而来的日常琐事逐渐淹没。

舒放暑假寒假，老张会叫上我聚一聚，或者在他家，或者在饭店里，这样我就可以见到舒，每次见面舒都特别高兴。她显得健康活泼，话也多起来了。尽管我可以看出舒的目光中隐含一种深长的意味，她的目光令我不安和迷幻，可我们之间的界限仍十分分明。

但是去年冬天发生的事儿是我始料不及的。

那天，我到北京出差，受老张，特别是大嫂的委托，我给舒带了一些东西。

到北京已经是下午 3 点，我打的第一个电话就是给舒。舒大概同家里通过电话，她知道我捎东西给她，所以，接通电话她就问我在什么地方，说：“我马上就过去。”

没过多久，舒来到我住的饭店。进了房间，舒的脸开始涨红。我主动调节气氛，告诉她家里各方面都挺好的，还关切地问了她的学习情况。这时，舒已经读研两年了，她还是刚读大学时的样子，安安静静地望着我。

“是这样”，我说：“学习很重要。当然，也要注意身体，身体也很重要。”在我们吃饭之前，我说的基本都是这一类废话。

傍晚，我提出请舒吃饭。我觉得无论从哪个角度，都应该是我请她吃饭。舒非常愉快地接受了邀请，于是，我们就在宾馆对面的一个饭馆里找了个座位。我请舒点菜，舒也不推辞，她大大方方且十分内行地点了菜，那样子像女主人一般，我反而成了客人。“要不要喝点酒？”舒问我。

“当然。”我回答。

在喝酒的过程中，舒的目光特别起来。我继续保持着长辈的心态，用长辈的口吻同她说话。舒说：“我觉得，现在不是我们两个人在谈话，好像做样子给别人看。”

我愣住了，想不到舒会这样说。

舒开始沉默，她不停地喝酒，脸的颜色不断加深。“不能再喝了。”我说。舒说：“不，我还想喝。”“张叔，你不是挺关心我的吗？现在我把我男朋友的情况讲给你听，你帮我参谋参谋。”

我点头说好。

舒讲了起来，她讲得十分流畅，她说她从16岁开始就喜欢一个男人，那个男人比她大12岁。“年龄并不重要”，她说。重要的是那个男人是第一个敲开她心扉的人，她的初恋是从那个男人开始的。可那个男人根本就不注意她，尽管她想了很多吸引他注意的方法，效果还是不理想。她读大学时，那个男人找了个女人，半年时间就结婚了，她知道这个消息曾痛不欲生，她想给那个男人留一封洒满泪水的信，然后悄悄死去。她想那个男人读到信以后会痛惜一生……后来，懦弱使她从死亡的边缘退了回来，痛苦成了她读书的动力，她以优异的成绩考上了研究生（她暗恋的男人的妻子就是硕士），她还要读博士，到那个时候再把一切告诉他……“你说，我这样做对不对？”

当时，我的大脑一片空白，我不知道如何回答舒。无法回答是因为，我觉得舒说的那个男人像我，可我又不敢确定。如果那个男人不是我，我也许还可以从宽慰的角度对舒开导一番。沉默了一会儿，我决定假定那个男人就是我，即便不是我，我也避免了冒险。我说：“你不一定了解那个男人，你喜欢的也许不是那个男人而是一个概念，就是说，你把那个男人优秀的一面放大了，从而自己给自己设了个迷魂阵。”

“并不是你说的那样。”舒说。

“可你想到没有，你们对爱的付出是不一样的，你付出了那么多，他却没有付出，甚至你还不知道他怎么想的，这样公平吗？”

“爱不是商品交换，不需要等价的。”

“可是，他已经结婚了，你们不可能有现实的结果。”

“爱一个人是我自己的权利，就是没有结果，我也不至于后悔！”

我送舒回学校已经是晚上 10 点了，走到学校门口，舒突然把我抱住了，她对我说：“你知道我说的那个人是你，我知道你也喜欢我。”我显得十分惊慌，与此同时，我看到灯光下，舒已经满脸泪水。

我说：“你别跟张叔开玩笑，你别开这样的玩笑！”说完就把舒推进学校的大门里……

那一夜，我失眠了。第二天早晨，我一打开窗帘，就看见宾馆院子里走来的舒，我不知道怎么处理这个问题，也怕给她太大的伤害。我慌慌张张穿上衣服，拎起皮包沿安全通道跑了。舒从电梯口走到我的房间时，我已经逃出她的视野之外……

多年以后我才得到舒的消息，我们见面不到半年她就结婚了，还生了一对双胞胎。

自打舒和我表达之后，再面对妻子时，我觉得她不是我“最好的苹果”，我们之间的关系也被重新定义了。奇怪的是，正是由于这种不算满意的选择，让我们磕磕绊绊、风雨无阻地走到了“金婚”，从这个角度说，舒也许，一样的。

| 掷硬币 |

一次在外交楼和一个老鬼喝酒，他突然让我讲一讲我的初恋。我的老鬼朋友叫班尼·罗伯特，哥伦比亚大学的汉学家。他认为我的意识里有自闭症倾向，这大概与我少年时期的社会环境有关，是长期的性封闭导致的结果。不过他说，这也是人类共有的体验。

我的初恋是这样的。我读大学是 1981 年，上大学的第一年开始，我就默默地暗恋一个叫雯的女同学，她属于风情外露的那种女孩子，现在我可能有了另外一种看法，不过当时我真的被她的青春魅力所征服，沉浸其中不能自拔。在很多寂寞难耐的长夜里，我都幻想着我们——在一个如小说情节般巧合的环境里生长爱情。比如在一个浪漫的雨天里，她正巧没带伞，我给她撑伞，相伴走过那条落着鹅蛋形树叶的小路，我们用眼睛和心灵交流了一切，比如有一天，她在学院田径场上遇到了歹徒，在最危急的时刻，我出现了。那个歹徒应该是色心大、胆子小的人，在体能上我也占优势，这样，我就会成了“救美”的英雄。然后在她感激涕零的时候，我什么都没说，高昂着头离开。关于见面的情形我设计了十几种，事实上，一个哪怕类似的情境也没发生过。

大学三年级时似乎发生了转机，雯甩掉了众多的追求者，经常来我的宿舍。就在我暗自喜悦时，发现雯对我和我同宿舍的辉都好，并且，她对辉显得比对我还要好。那年夏天，高校艺术节联合举行，我们系排演的是莎士比亚的《如愿》，碰巧我们3个人在剧中都有角色。雯演的是公爵之女罗瑟琳，辉演的是爵士之子奥兰多，而我不幸扮演了牧师奥利弗马泰克斯先生。莎翁剧中有一段台词被他俩在排练时篡改了，我当时十分震惊，也十分气愤。

——奥（辉）：我恐怕是治不好的，青年。

——罗（雯）：我可以治好你，只要你叫我罗萨兰，并且每天到我的茅舍里来向我求婚。

——奥（辉）：真的，我时时都想向你求婚，只要你有一个承诺，为你做什么我都情愿。（台词原文是：我以真情为誓，我一定去：告诉我在什么地方。）

——罗（雯）：那要看心灵的方向，你要指引我。（台词原文是：跟了我去，我引你去看，同时你也要告诉我你住在树林的什么地方。）

我失望了。辉是我的好友，原本是我先爱上雯的，可辉中途杀将过来，我不得不同辉开诚布公地谈一次。那天晚上，我们来到篮球场。在朦胧的月光下，我和辉的谈判也一样纠缠不清，没有头绪。后来，我提议采取竞争的方式来处理。辉同意我的意见，他说就赛跑吧！我知道赛跑我不是他的对手，就提议比围棋，围棋是我的强项。也许出于同样的原因，我们的协议没有达成。最后，我们采取了最简单的办法，石头剪刀布。我们都把手藏到身后，随口号同时亮出手来。第一次他出的是剪子，我出的也是剪子；第二次他出的是布，我出的也是布；第三次是不幸的，辉仍然是布，而我太心切了，出的是石头。

我不甘心，提出再比一次，抛一枚硬币，用硬币的正反面来定胜负。辉见我有些恼怒，他不太情愿地说："好吧。"尽管我为自己争取了一次机会，我也得承认，辉比我有优势，他赢了一次，他占有心理优势，而我，只能背水一战。

抛硬币前我要了"字"，辉只能剩下"面"。我胆战心惊地将一枚镍币高高抛起，不幸的是，我看到的仍然是"面"。

我是信守诺言的人，那之后我就开始躲雯了，并且见到雯还表现出厌恶的情绪。说起来我们的行为过于荒唐了，也十分可笑，可那个时候，我们的确是认真的，我们不可能摆脱那个年代的局限。就像现在，我一样做着傻事。

我从这场竞争中退了出来，令我感到奇怪的是，雯也很快同辉分了手。毕业那年，雯只身去了美国。

几年后，辉见到了我，我们在路边一家小酒馆叫了几个菜，一边喝酒一边谈往事。辉说我退出去之后，雯也不理他了，他好像觉得这个游戏必须得我们 3 个人才行。当时，辉特别恨我，认为我明修栈道，暗度陈仓。他说：“本来我以为我们之间的友谊完蛋了，一辈子都不想见你，后来雯走了，我才知道误解了你。”那天晚上，在轻风摇动的灯影下，我和辉彼此安慰着，像两个受了伤的刚刚成年的子熊。后来我们都有些喝醉了，我说：“没什么了不起的。”辉说：“本来就没什么了不起的嘛。”

我再见到雯已是 10 年之后。雯从美国回来时专门来看我，她告诉我，在大学时她就爱上了我，为了能激发我，她故意找辉，她已经做了努力，结果是我没有给她机会。我逻辑混乱地向雯做着解释，雯噙着泪说：“是你撕开了我青春情感的伤口……我知道时光不可能倒流，那些曾经，已经成为身后的背影。”雯擦了擦眼睛，看着我：“不过，我绝不让你来弥合。”

雯说：“知道我见你之前做了什么吗？我抛了一枚硬币，字——见；面——不见。好巧，抛了 3 次都是‘字’。”

扫描仪坏了

一天，我整理资料，发现10年前在一个事业单位工作时的调查材料。当时，办公室买了一台扫描仪，3天就被人砸坏了，总经理认为是办公室内部问题，让我负责调查这件事儿。

办公室一共有5个人：主任老赵，文书小钱，打字员小孙，行政助理小李和秘书小周。我的调查从主任老赵开始。

赵主任，男，53岁，在办公室当主任7年。

——扫描仪呢，的确是我主张买的，可买扫描仪的目的是提高办公自动化水平，这一点是没错的。只是让我感到愤怒的是，扫描仪刚买了3天，说明书还没看完就被人给砸坏了。发现扫描仪坏了，我第一个想到的，就是小钱（文书）。小钱是什么人你也知道，当了十几年的文书，人都没水分了，可她的心不老，衣服今天换一套明天换一套的，动不动还美容。就说她上次感冒吧，我做领导的关心她一下是不是应该的？可她对好几个人说我暗恋她，向她献殷勤，你说她是不是有毛病？不说别的，就说拉回扫描仪那天吧，没地方放，就把她的花盆挪了挪地方，放扫描仪了。小钱不高兴了，说放那地方不雅观了，影响她走路了等，反正就是找碴儿。我上厕所回来听见她在房间里发牢骚，说这个破东西，恨不能把它砸了！我亲耳听到的，绝对假不了。

文书小钱，女，45 岁，从事文书工作 18 年。

——应该调查调查！我这人不怕得罪人,我认为是小孙干的。我不是看不上小孙这姑娘，你说，现在的大学生有的是，搞不懂为什么选了一个职高生来机关。再说了，她除了打字还会干什么？整天就知道臭美，靠的就是一张脸蛋儿，脸抹得跟糊层墙纸似的，香水味儿直熏人……我也不把你当外人（小声地），有一次我和她去洗澡，她身上的灰可多了，还有狐臭，另外，她那个地方……好了，不和你说了。

你问我怀疑她的根据，当然有了！扫描仪是现代办公设备对不对？这样的设备多了不就抢她的位子了吗，抢她饭碗的事不是大事什么是大事？所以她就怀恨在心，把那个扫描仪给砸了呗！就说扫描仪坏了那天吧，我看到，她是最后一个走的。

小孙，女，23 岁，从事打字员工作 3 年。

——我不愿掺和这些事，我还小呢。非得说不可的话，我认为是李助理（行政助理）干的。理由很简单，李助理从司机中提拔上来的，人没文化没水平，心却挺大的，什么都想占有，占有不成就破坏了呗……要不是赶上这事儿，我是不会说的，大上个月，他非要约我出来吃饭——别提这事儿多恶心了……他就把车停在我家楼下，你说我怎么办？谁能想到，他的一些狐朋狗友拿我开心，说我是他的情人——恶不恶心！我本来指望他能保护我，谁能想到他还在我身上乱摸！那天我气哭了，不再理他。你说，这事儿我没对领导讲已经给他面子了，可他还不罢休，在背地里讲我坏话，损害我的名誉。你大概也听到了一些，最可气的是把我说成“二奶”，还说我故意找总经理说话，想勾引老总……你说我是这样的人吗？是不是推断啊？我这可不是推断，扫描仪坏了那天晚上，李助理是最后一个走的。我敢肯定。

行政助理小李，男，38 岁，从事行政助理工作 2 年。

——不用调查了，这事是秃头上的虱子明摆着的，跑了周秘书我的名字倒着写。我这人说话直来直去，你别看周秘书在领导面前人模狗样的，其实那小子才阴呢。你也知道，他在办公室当了七八年秘书，老是提不起来。明摆着的，赵主任退休还得几年，也不交流，他能不急吗？其实，我这个人一贯不求上进，他不该认为我是他的竞争对手。就说去年晋升非领导职务吧，本来报我为副科级科员，他怕我和他平级了，将来和他竞争主任的位置，你说他坏不坏，竟上总经理那说我坏话，你就不想一想，现在还有不透风的墙？怎么样，我照样晋级，他落得个孙子。他为什么砸扫描仪啊？这还用说吗？一个萝卜一个坑，只有搬掉赵主任这个拦路石，他才能当主任。扫描仪是赵主任买的，出了问题谁负责？具体说就是，扫描仪坏了那天他最后走的。有必要我可以写证明，我不怕他，惹火了我找人修理他……对，我就这么肯定，说到天亮也是他干的。

周秘书，男，36 岁，任秘书 8 年。

——不会吧，我觉得办公室同志们的思想觉悟都挺高的，比如说小钱，工作兢兢业业，爱护国家财产，她绝对不会。小孙这个女孩子也十分单纯，有上进心，她也不会。小李这个人虽然粗一点，但性格直爽，为人正直，也不会。剩下就是赵主任，赵主任是多年的先进，怎么会干这样的事呢？你的意思是，老总也认为问题出在办公室内部？既然这样，我就讲吧，我完全是抱着对国家财产和事业负责的态度才讲的，讲真话是一个干部应有的品德。这件事是主任干的，当然，这也是我们最不希望的。为什么？你大概不知道，赵主任买扫描仪的钱是办公室小金库的钱，按理说，小金库的钱是为大家谋福利的，过年过节买点东西什么的。赵主任用小金库的钱买了一年也用不上两回的扫描仪，其实是谋一己之私呀。现在是买方市场，东西能白买吗？所以问题的关键就在这儿，本来是大家的福利，这样就变成了他个人的福利，矛盾不就来了吗？大家背地里议论，这议论也传到赵主任的耳朵里，老赵这人的斗争经验多丰富！他干脆一不做二不休就把扫描仪弄坏，转移大家的视线。虽然没看到当时他作案，可扫描仪坏的那天晚上，赵主任是最后一个走的。这个，没错！

以上就是我调查的结果，一个事件出来5种说法，令我吃惊的是，第三天我听到这样的议论，说办公室的扫描仪是我砸坏的。理由是，以前我在办公室工作过，调到别的科室时我没交钥匙。我对调整工作不满，所以，就把新买的扫描仪给砸坏了。据说，扫描仪坏了那天晚上，有人看见我从办公室里出来，样子鬼鬼祟祟，神色格外慌张。

手机锁上了

罗序刚掏出手机，正准备给韩主任挂电话，发现自己的手机锁上了。问题在于，他并不知道按哪个键可以锁上，按哪个键可以把锁打开。

手机锁上了，罗序刚只好去挂公用电话，对韩主任说："我准备和小雯离婚，老兄得帮我找一找街道的人。不求别的，痛快就行。"韩主任也没多问，在以往的交往中，韩主任知道不少他们夫妻之间的事儿。

罗序刚和小雯原本是大学同学，毕业后又都分配在机关工作，虽然不在一个部门，办公却在同一个大楼里。论为人处世和工作能力，单独拎出哪一个都足以称道，两人在一起反而麻烦了。从结婚第二年开始，他们就展开了旷日持久的内耗战，如果一方打败了另一方也好，问题是他们始终处于势均力敌的状态。结婚 5 年，实际住在一个房间还不到 2 年。

昨天晚上，他们又开战了，房间里一片狼藉。交战的起因是这样的：晚上两人同看一部古装电视连续剧。一个细节引起了罗序刚的注意，他发现一个配角戴了一块手表。罗序刚认为那个演员戴手表演古装戏不严肃。小雯也注意到那个细节，但小雯认为那个人戴的不是手表，而是手镯。于是，两人就是手表还是手镯的问题展开了争论，后来就吵红了脖子，摔起了东西，直到夜里12点，两个人没力气了才平静。但是，他们都觉得忍无可忍了，一致决定，明天上午到街道办事处办理离婚手续。

罗序刚给韩主任打过电话，他又挂电话给电讯服务部门，询问手机锁上了该如何处理，对方说得带身份证到电讯部门办理解锁手续。罗序刚央求了半天也没用。这时，罗序刚的传呼机响了起来，打通电话，对方是一个自称姓马的人，他说："我是韩主任的好朋友，听韩主任说你是他的好朋友，这样咱也算是好朋友。你的事我正在联系，你别着急，过一会就有人给你打电话，你的号码我已经给他了……"姓马的人说完就将电话挂断，罗序刚愣住了。

离开公共电话1000米，传呼又响了，罗序刚又返回公共电话亭。电话接通，是一个姓吴的人打来的，他说："马处长已经给我来过电话了，他是我的好朋友。既然你是他家亲属，没说的，我已经给你找人了，过一会儿就有人同你联系。"

罗序刚本想说自己的手机锁上了，想了想，还是咽了回去。

按预定的时间，罗序刚提前两分钟到街道办事处门口儿，他眉头紧锁，在流动的人群中搜寻小雯的影子。这时，传呼还算及时响了，他没办法回电话，正犹疑着，小雯的身影出现了，她瞅都不瞅罗序刚，直接走了进去，罗序刚只好尾随其后。

接待他们的人姓周，四十多岁。罗序刚报上姓名之后，他看罗序刚的眼神儿挺特别的，罗序刚心里有底儿了，这说明请托电话已经抵达。

心里有了底儿，罗序刚瞅小雯的眼神儿就自信很多。令罗序刚感到意外的是，小雯似乎也十分自信。这时，办公桌上的电话响了，老周拿起了电话，“啊，赵主任，好，好……我知道了。”

放下电话，老周头也不抬地问小雯：“你叫什么名字？”

“何小雯。”

老周立刻抬起头来，他瞅了瞅小雯，又瞅了瞅罗序刚：“你们……是一家的？”

老周的目光在罗序刚处，罗序刚点了点头。移动到小雯处，小雯也点了点头。

老周突然笑了起来，笑够了，老周说：“既然这样，我也不瞒你们了，你们俩都找了赵主任是不是？赵主任分别让我关照你们，也没说关照谁轻一点儿，谁重一点儿，所以，咱们就挑明了谈吧。”

罗序刚瞅了瞅小雯，小雯瞅了瞅罗序刚，两人的表情都有些尴尬。

“我先谈。”罗序刚说，“我和小雯之间，问题主要出在我的身上，我这个人不会关心人，自私自利，比如，我花钱大手大脚，经常在外面喝酒，常常半夜回家。我这人还喜欢漂亮的姑娘，见了漂亮的姑娘就想多看几眼，甚至还动心思。最关键的是，我和她性格合不来，一天一小吵，三天一大吵。我们分居已经两年多了，感情已经彻底破裂。如果不分开，我担心哪天我一时失手了，造成更大的社会危害。”

小雯说：“我和他之间吧，主要问题在我，我也不会关心人，他喝醉酒的时候我从不给他喝醋什么的解酒，我花钱任性，想买什么就买什么，从来不和他商量。我这个人也喜欢有风度的男人，遇到那样的男人向我献殷勤我也挺受用的。关键是，我和他在一起实在太痛苦了，他在我身边走动、说话、喘气我都受不了，实际上我们已经分居好几年了，如果不离婚，我怕我哪天想不开，趁他不注意的时候，给他水杯里下点什么药，反正不是泻肚药。为阻止这种犯罪念头生长，请您一定帮我们把手续办了。”

老周紧凑着眉头，说：“你们真是怪了，别人来离婚都说对方不好，你们却都说自己不好。好吧，现在说说财产分割吧。”

小雯抢先一步说：“不用商量了，这个问题昨天晚上已经解决了。”说着，小雯递给老周一个打印的财产分配“合同”，这个不伦不类的“合同”已经签了名，按了手印。

老周挠了挠头，说：“真利索，拿结婚证给我。”

罗序刚瞅了瞅小雯，小雯瞅了瞅罗序刚。他们结婚第二年的一次吵架中，小雯撕了一个，在第三年的一次吵架中罗序刚也撕了一个。

老周说："没结婚证你们办不了离婚。"

小雯对老周笑了笑："不能通融通融吗？"

"我想通融也不行啊，这是规定。你们得去结婚登记的地方补手续。"

"结婚在我老家，离这儿一千多公里呢。"罗序刚有些急了。

小雯大概觉得这样谈下去不会有什么用，就拉了罗序刚一把。出了门，罗序刚和小雯都对老周表达了不满，"补结婚证，到底是结婚还是离婚呢？"他们完全站在了一个立场上。他们并肩走出十余米，小雯才觉得不对劲儿，对罗序刚说："不要认为我和你说这么多的话就不离婚了！"罗序刚气呼呼地说："我也一样！"

这时，罗序刚想起在电视台工作的一个朋友，找他可以问清电视剧里的演员究竟戴了手表还是手镯。现在的情况是，离婚没有离成，就得和小雯在一起，和小雯在一起，就避免不了这个话题，因为这个话题还没有结论。

罗序刚拿出了手机，准备拨号时想起，手机已经锁上了。

“茄　子”

德明在酒店里等才哥。

才哥是德明二姨的大儿子，他明天回家过年，德明要给他送行。才哥说：“免了吧，咱什么身份？一个打工的穷讲究啥？”德明要在恺撒大酒店请才哥，在恺撒大酒店吃饭是逼出来的，没有才哥，他自己也要去那里吃饭。他想让从未见过大场面的才哥也牛一回。

在恺撒大酒店吃饭注定要挥霍，问题是酒店欠德明的钱，欠他的钱要不回来，只好去吃了。7 月份，德明在酒店里帮工，讲好管吃管住每月 1800 元，可干了两个月，他只拿到 300 元的零花钱，他找经理马燕，马燕说：“每月 1800 不错，可你还在试用期，试用期满合格，再给你补发工资。”没过几天，前后应聘到酒店的一个小胖子走了，他告诉德明一个秘密，说：“老板黑心，干满 3 个月就把你打发了，到时候人家拿出合同，说你试用期不合格，你告状都没理。”3 个月满，德明还是没有如期拿到工资，他去找马燕，马燕拿出考勤表，列出了德明七八条不合格的理由，德明跟她吵了一架，马燕说："规矩是老板定的，你跟我打破头也没用。"

德明见到老板，老板肯定得到了信息，他瞪着眼睛说："我这人，管理酒店不在行，专门收拾刺儿头！"德明没有畏惧，他认死理儿，他出工，老板就该给钱。老板火了，叫手下的保安把德明推了出去，老板告诉德明："再进门就打断你的腿，我宁愿负担医药费。"德明说："不管怎么说，你欠我4500元，不给钱，咱就没完！"

德明去建筑工地找才哥，把他的遭遇跟才哥讲了，不想，胆小怕事的才哥反而数落他一番。才哥说："当初，姨妈说不让咱分开，你不听，我知道，你嫌工地的活儿累，挣钱不容易，可拿到手的钱才叫钱呢！真不知道你怎么想的。"

才哥懵懂地进了酒店，走到悠闲地喝着茶水的德明身边，小声问："这是干啥？"德明说："给你送行啊！"才哥的脸有些涨红，"在这儿吃饭？脑袋串烟了？"德明拉才哥坐下，"你想一想，如果我们不吃，他们也不给工资，吃了，起码赚个肚子饱"。才哥大致算了算，吃惊地说："那么多钱，咱怎么吃回来啊。"德明说："这个酒店我了解，刀磨得飞快，专门宰客，别说几千，几万也能消费啊。"德明向服务员要来纸和笔，列出了菜单：清蒸大鲍2只，蟹粉鱼翅2份，石斑鱼一条，蛋黄焗虾仁，酒选了贵州茅台。德明把菜单递给了服务员，服务员吓了一跳，大厅里几个值班的服务员都不认识德明，德明在酒店干的时候，她们还没来。不过，德明，尤其是才哥的样子，点这么高档的菜，令她们生疑，为稳妥起见，她们说还是等经理回来再下菜单吧。

等菜的时候，德明和才哥闲聊起来，才哥不小心被德明的书包硌了一下，才哥立即紧张起来，他小声问："你带菜刀干什么？"德明说"防身"。才哥说："你饶了我吧，我今天晚上就上火车，不是帮你来打架的。"德明说："我没让你来帮我打架，就是真的打架，我也让你先走。""可是，你为什么要带凶器？"德明说："我是学厨师的，带的是菜刀，不是凶器。"

才哥起身要走，被德明拉住了。才哥说："你千万别害我，你知道我胆儿小，我想回家不想进笆篱子。"德明说："没人让你进笆篱子。"才哥的嗓门大了一些，他说："这不是明摆着吗？带着刀到饭店来白吃，人家报警，咱们就成了持刀抢劫犯了。"服务员偷听到他们争论，立即给马燕挂了电话。

马燕回酒店的路上，给老板挂了电话，把德明来酒店点菜的事告诉了他，她担心德明是来找事的。老板说："我看他敢！你先去处理，处理不了，我回去收拾他！"

马燕一进门就阴阳怪气地说："发大财了？"德明说："发财就不过来了，我现在是混了今天没明天……你别担心，我不是来闹事的，我只是来吃饭。"马燕说："那好啊，吃饭我们欢迎，找事，我们也不会客气。"德明说："那就好办了。"

服务员问马燕上不上菜，马燕看了看菜单，说先买单后上菜！“这不明摆着看人下菜碟吗？”德明跟收银员吵起来。马燕跑到后厨偷偷给老板挂电话，她告诉老板，来者不善，他还带着刀。老板一听就火了，说：“都是我讹别人，现在竟然有人来讹我？一会叫老四过去收拾他，我宁愿花点医药费。”

德明和收银员争吵的时候，才哥趁乱把书包里的菜刀拿到卫生间，水池子下挂不住菜刀，才哥就把它放到了水箱里。

才哥从卫生间出来，德明已经跟保安拉扯起来，毕竟他是一个人，被两个保安反剪着胳膊按在地上，才哥火了，他呐喊着冲了过去，还没冲到保安面前，就被椅子绊倒了。

警察的出现似乎是一部情节剧中埋的伏笔，出现得很是时候。民警分别审问了他们，情况摸清之后，民警对他们说，在公共场所滋事，本应行政拘留 15 天，考虑事出有因，就训诫了一番，把他们放了。德明很不服气，他说：“欠钱的本来是他们，怎么他们反而有理了？”警察说：“如果他欠你的工资，你可以跟他们要工资，可以到劳动行政部门投诉，解决不了可以申请仲裁，仲裁了还不服，可以到法院去起诉。”德明说：“道理是这样的，可是，我一个外地人，有精力和能力做这些事吗？”警察说：“做不做在你，不过，有一点你们不能做，在公共场所滋事，这是违法的。”

派出所外，满城灯光。德明对才哥充满了歉意，说：“真对不起，火车也耽搁了，不然，明天中午就可以见到表嫂和孩子了。”才哥说：“现在说啥也没用了。”德明说：“咱们去车站吧，再买一张票，不然，你就赶不上过年了。”才哥问：“你呢?不回去了？”德明说：“你先回家吧，别管我，我不相信这么大的城市养活不了我。”说着，转身就走。才哥拉住德明：“你干啥去？”“我给你买车票。”才哥死死拉住德明。“你放手！”德明大声喊。“不！”才哥仍不放手。“你放手！”“不！”“你不放手我打你了？”“你打我我也不放手！”两人撕扯了一会儿，消耗了很多体力。

“你为啥不放手啊！”德明眼睛有些湿润。才哥说：“你不跟我回去，我也不回去了。”德明认真地看了看才哥，他发现才哥的眼角还有浅浅的麻子，以前他从未注意到。

第二天上午，德明和才哥去了照相馆，他们人虽没回家，可一定要把照片寄回去，以老家的传统来看，没见到人见到照片也是一种安慰。照相的时候，他们的心情仍然摆脱不了沉重，德明担心才哥的表情，才哥担心德明的表情。德明说：“拍照的时候咱们一起喊‘茄子’，那样，照出的照片就是乐的了。”

照相馆的师傅是个头发花白的老头儿，他给德明和才哥摆好了姿势，没等提示，德明和才哥一起放开嗓门大喊：“茄子！”把老头儿吓了一跳。

才哥暗自决定去恺撒酒店，他觉得4500元不是小数目，他一定要帮德明要回来，当然不能白要，得让德明给他买几盒好烟，最起码，他也要把卫生间水箱里的菜刀拿回来。

依　赖

很多人都会碰到这样的问题，手机丢了。小庞是一家公司的业务经理，他去省城洽谈业务时把手机丢了。事情的经过很简单，小庞下了火车，从火车站去宾馆的路上，把手机落在出租车上。小庞发现手机没了，立即找到一个公用电话亭往自己的手机上挂电话，结果，手机关机。小庞想，拿到手机的人一定想把手机留下，这样说来，找到这部手机的希望很渺茫。

小庞的手机很普通，是电讯公司为了促销、预存话费赠送的，那个手机用了 3 年，磕磕碰碰的，已接近使用寿命，并且，卡里的话费所剩不多。可以推断，那个手机到了二手市场连 60 块钱也卖不了。小庞向电信公司挂了失，松下一口气来。

问题是，损失并不体现手机身上，没了手机，小庞突然觉得眼前的城市陌生起来，好像自己是个断了线的木偶，什么动作也做不出来了。

按原来的约定，小庞晚上要跟客户吃饭。“我住下以后给你挂电话。”在火车上，他这样对客户说。现在，手机没了，储存在里面的号码也没了。小庞通过114查询到客户单位的电话，没人接。此刻已经到了下班时间，而明天又是星期六，小庞立即觉得嗓子干涩起来。

除了公事之外，还有一项重要的任务是见小磊，小磊是他上次来省城认识的，大家在一起吃饭、唱歌，他和小磊碰撞出了感觉，一起对唱一起翩翩起舞，临别还留下了对方的电话号码。分别后，小庞和小磊就用手机频发短信，沟通感情。发达的通讯时代缩短了人们的空间距离，小庞和小磊各自所在的城市虽相隔几百公里，可联系起来就像在身边一样。同时，由于联系方便，他们之间的交往也很高效，时间不长，一个未娶一个未嫁的青年男女竟谈起恋爱。这次到省城，小庞没让客户接站，是想自己下了车之后给小磊挂电话，给她一个惊喜，不想，手机一丢，小磊也联系不上了。

读书的时候，小庞对数字非常敏感，尤其是记电话号码，可自从有了储存方便的手机，他大脑这部分功能悄无声息地退化，退化得自己都没察觉。一个很好的借口是——爱因斯坦说：“我从不让现成的资料打扰我的大脑”，可现在手机丢了，现成的资料没了，大脑也一片空白。

傍晚，小庞进了街边一家小店，心情郁闷地喝了2两白酒，平时3两的酒量，谁知2两就醉了。喝酒的时候小庞才意识到丢手机的严重性，客户联系不上，那批货就不能在周一准时发到，进而影响装船，环环相扣，一个环节上出了问题，就会造成重大的损失，损失一旦形成，自己这个业务经理的位置恐怕难保……还有小磊，小磊说她周末要去看他，他想捷足先登，给小磊一个惊喜，可惜惊喜不成，还“关机”了，如果小磊真的不远百里去看他，被放鸽子了，她怎么想？他跟她解释，手机丢了，没记住小磊的电话号码，会不会更糟呢？

小庞在街上孤独地转着，他想了很多办法，比如先拣能回忆起来的电话号码，通过这个号码问出那个号码，可这种联系就像一道复杂的数学公式，很不好解，小庞意识到，其实，个人和这个世界的联系并不像他想象得那么密切，丢失一个平时并不怎么重视的号码，竟然一筹莫展。回到宾馆，小庞躺在床上看电视，手里的遥控器翻着频道，从头翻到尾，再从尾翻到头，到了后半夜，小庞终于做出了决定，明天早晨坐车返回。这是他能采取的唯一补救办法，尽快补一张卡，把手机开通。

第二天起床，小庞习惯性地摸了摸床头，床头是空的，没了手机也没了时间，小庞披着衣服出来，问楼层的服务员几点了。服务员说9点半了。小庞立即恼火起来，说不是让你们叫早的吗？服务员很委屈，她说：“我不知道，今天早晨才接的班。”

平时，小庞都靠手机叫醒，现在，早班车注定赶不上了。

民间哲学家

卢滋一直到了24岁才对自己的家世有所了解，其实不仅卢滋，很多人在小的时候甚至一生对自己的家世都缺乏深刻而透彻的了解。每个人都是照不远的烛光，这很正常。

上了大学，卢滋开始对自己的家世好奇。那些年，卢滋在高大杨树飘絮的日子里，或者结满茂密霜花的窗前潜心研究，以至错过了一双美丽而忧伤的眼睛。那个南方女子留给他一段身影、碎片的记忆和青春在身体发酵后的气息，那个气息浮荡在卢滋身边很多年，袅娜不散。

卢滋在大学的最后一年决定放弃对家世的追问，原因十分暧昧也十分明确。卢滋在调查时发现，自己的先祖是南方人，后来做了北方人。南方和北方的划分是隔了一条江，那条长长的江水不慌不忙，慢慢地流淌着岁月，使得人类设定的时间显出几分可笑和几许滑稽。就在那年初秋，卢滋和毕业的同学离京踏上了一列返乡的火车。

火车停在了正午，晚点了。不知道是加水补充燃料还是由于铁路部门没调度好，等着错开同一条铁轨上相向而来的列车，总之，停车的时间很长。尽管是初秋，北方的中午仍十分闷热。卢滋下了火车。

回忆起来，卢滋并不能说出一个令人信服的理由，可他的确留在了一个叫大谭镇的地方，作为名牌大学哲学专业的大学生，他应该是八一届第一个也是唯一一个选择小镇定居的人。

在大谭镇，卢滋找不到专业对口的单位，当然，他不在意这些，后来他就落户到县文化馆。表面看，文化馆是县里文化人聚集的地方了，事实上，那里除了一个会吹笛子、会拉手风琴的“音乐家”、一个会画宣传漫画的画家和一个会编快板、群口词什么的“作家”外，还有一个会写大批判稿的领导。卢滋去了之后，领导让他填补一个空白——收集民间故事。领导对他说，真正的哲学在民间。卢滋很惊讶，他觉得这个小地方的人如何了得，一句不经意的话，却道破天机。

一个偶然的机会，卢滋在火车站看到了马丽英，他一下子被“镇”住了，马丽英是小站上的地勤，其实就是站台上推流动车卖食品的。卢滋经过多方打探，知道了马丽英的情况，马丽英的父亲是屠宰厂的工人，家境一般。马丽英排行老大，身后还有两个妹妹两个弟弟。对于卢滋来说，这些都不是问题，只是卢滋没想到，他正式向马丽英提出交朋友竟被拒绝了。马丽英的拒绝反而激发了他的斗志，卢滋几乎天天去车站看马丽英，无论烈日暴晒还是刮风下雨，就这样，苦苦地追了半年，马丽英终于支持不住了。卢滋抱着吉他对着马丽英唱情歌，围观的人像看耍猴的一样，而马丽英却晕倒了。醒过来，马丽英流着泪说："你为啥这样？我不值得你这样。"卢滋在站台上跪了下来，他说："你是上帝赐给我的礼物，我永远爱你，不离不弃！"

大谭人当笑柄一样风传卢滋求爱的逸事时，卢滋神情凝重地带着马丽英旅行结婚。旅行的线路是大谭到家乡那个城市。回到家，卢滋自豪地对妹妹说："怎么样？哥娶了最漂亮的女人。"妹妹对这个衣着"老土"的嫂子不以为然，她说："这样的要算最漂亮，在咱们这儿可以找出一个团。"卢滋不管那些，他认为，自己觉得漂亮就好。

新婚燕尔，马丽英的羞涩表情令卢滋更觉得神圣，他甚至不忍心亲吻马丽英的眼睛，他说："多么漂亮的一双眼睛啊，一碰都要碰出水来。"马丽英立即哭了，她说："我还没来得及跟你说，我的眼睛有先天问题，医生说一生孩子就失明。"卢滋拥抱着马丽英、安慰着马丽英，让泪水和激情一起升腾着。

马丽英决定给卢滋生一个孩子，她偷偷地怀孕，6个月后，她才不得不告诉卢滋。孩子出生后，马丽英真的失明了。深秋的夜里，卢滋去了火车站，夜里的车站是寂寞的，孤零零的罩灯，空旷的铃声。随着三三两两的人群走后，整个站台就死一般地沉寂。卢滋坐在那里看星星，他觉得天空透明、清澈。

卢陆来到这个世界上，增加了卢滋的生活负担和责任，而那几年，马丽英家一个事接一个事发生，父亲中风住院，妹妹失业，弟弟惹祸，卢滋文化馆那点工资几乎杯水车薪。生存压力使卢滋这个读书人不得不自食其力，他在铁路上承包一个流动食品亭，卢滋亲自出马，腰间挎一个保温盒子，等着一列接一列进站的火车。进站车一停稳，卢滋就登了上去，在闷热拥挤的车厢里吆喝着，日子久了，他已经没了读书人的模样，皮肤粗糙、嗓门粗大，微笑中透露着世俗的狡黠。

日子是一副扑克牌，最初拿在手里觉得很多，抽一张少一张，到了后来，觉得越来越少了。回过头看，日子是经不起抽的，不觉中，手里可以打出的牌越来越少了。

卢滋送卢陆去上大学。卢滋对马丽英说："女儿是天下最漂亮的女人，尤其她那双眼睛，一碰都能碰出水来。"马丽英很难过，卢滋扶着马丽英，自豪地说："你应该高兴才对，卢陆的眼睛没问题，生 100 个孩子眼睛都没问题！"

卢滋最初的记忆停留在家乡那个城市的喧闹中，他曾经觉得自己是这个世界的一棵树，有很多酱黄的秋天和青白的冬天在等着他。事实上，他的确成了一棵树，只是后来发生的事情与他的初衷没有关系。

——不但卢滋，很多人都是如此。

塔街西岸的雨

我说的这个人叫穆晏，今年38岁，属牛，B型血。穆晏毕业后留校从事行政工作，后来不知怎么又到科研所做学问，再后来去美国做访问学者，他去美国之后没有人相信他能回来，结果他两年半就回来了。穆晏从美国回来后基本上从他原来的社交圈子里消失了，相反，他与我有了过密的往来。说起来，在大学时我们两人有点犯克，彼此有意让对方感觉到瞧不起对方。我写长篇小说《残局》的那个下午，穆晏坐在写字台对面的藤椅上，那时的阳光正照在他的脸上，因为是半开的百页窗帘，所以穆晏的脸上也一条一条的。

“塔西街的雨天是特别的”，他说，“那街对岸的雨总是朦朦胧胧，潜藏着绿意”。穆晏并不总是讲话的，有的时候，他在我的房间里坐一个小时，除了吸烟就是静坐。

时间长了，我基本适应了他的行为方式。他静坐在那儿吸烟，我在案子上写字，一点都不受影响。反而，如果他不来，我还觉得心里空空落落。

“文章是案头之山水，山水是地上之文章。”他一本正经地吟了一句。

我心里想笑，他居然也有诗兴。

“什么是遣笔四绝……花底填词、香边制曲、醉后作草、狂来放歌……还有，绝塞谈兵、空江泛月……还有，月下舞剑，亦为一绝也。”

我一时目瞪口呆，被他给唬住了。

“何人解系天边日，占取春风，免使繁红，一片西飞一片东……这意境怎么样？”

我问他什么时候背了这样的句子。他说：“没什么，不过是潜伏在记忆底层的句子罢了。在一些特定的场合，比如你的窗前树影婆娑的样子，我想起大学宿舍，一觉醒来，在和煦的春风中背诗的情形。”

这是两年以前的事了。那天下午对他来说有特别的意义。因为，在那个下午他发现瑾瑾已经长大了。而三年前，穆晏就开始与瑾瑾相依为命了。

事情的起因是这样的，程艺冰出国前把他的女儿瑾瑾托付给穆晏，那年，瑾瑾 14 岁。穆晏是程艺冰的好朋友，加之他刚刚从国外回来，需要程艺冰的房子，协议就达成了。我在美术系空空荡荡的大教室里见过程艺冰一次，大教室的一角还有几盆干枯了的菊花。程艺冰高高的个子，宽肩膀，有一双英俊的浓眉。

当时，他穿一件破得花花沓沓的汗衫，胡子不长，但像乱草根一样。他说话的声音厚实，一张口，我就可以判断他是个散漫的人。程艺冰的爱人原来也是美术系的教师，上海人，后来只身去了南方，离婚后的程艺冰就自己带着女儿。

程艺冰出国时，讲好托付给穆晏的时间是一年，不想，程艺冰到美国后，没出一年就找了一个台湾地区的蔡博士，并且，一年就生了孩子。无奈，穆晏只好被瑾瑾“叔叔”下去了。

穆晏与瑾瑾在一起生活，我可以想象他多不容易。我知道穆晏不是一个会搞钱的人。大概为了瑾瑾，他买了钢琴，买了组合音响，还经常出入贩卖盗版光盘的胡同，鬼鬼祟祟的，也像贩光盘的人。

我记得初冬落着梧桐叶子的塔西街，疙疙瘩瘩的，我走在学院旧楼之间，那时天色有点暗了，当我看到黑沉沉的楼口的灯光，看到穆晏和瑾瑾的身影时，我的心被温暖着。

那天是瑾瑾的生日，我是唯一的特约嘉宾。

在他家暖烘烘的客厅里，穆晏端上他的拿手西菜：华尔道夫色拉，汉堡牛排，巴塔否鸡……在瑾瑾的帮助下，他还调了两种鸡尾酒，“红粉佳人”和“四重奏”。

在《最后的晚餐》挂毯的背景下，瑾瑾为我们演奏了德沃夏克的钢琴曲。

我被穆晏的状态搞得心绪很乱，对于穆晏来说，他或许集合父亲、朋友、男人多重的角色，他的生活是丰富的，也正因如此，也一定是艰涩的。

那年冬天，瑾瑾住进了医院。在医院的走廊里，穆晏说：“瑾瑾这孩子懂事，她是为了给我烧姜汤才把自己烫伤的。”

我说：“烫伤没关系，只是受点皮肉之苦。”

“可是瑾瑾，瑾瑾是一个女孩子，落下了瘢痕，影响她的一生呀！”说着，他的眼圈发红，他不停地自责，是他没照顾好瑾瑾。

我怕他的眼泪掉下来，就拉了他一把。这一拉不要紧，他的眼泪真的掉下来了。他推了我一下：“你别管，我想这样。”

白炽灯下，穆晏脸色青白，皮肤好像薄薄的一层，里面的血管清晰可见。一瞬间，我的内心涌起一股怜悯之情。如果穆晏有自己的家庭，他的孩子也该十来岁了吧。

接着说穆晏兴奋的那个下午。他说他在门口突然发现瑾瑾的仪态像一个纯粹的女人，瑾瑾含蓄地抿着嘴微笑以及含义深奥的目光……他这些年朦朦胧胧的念头也清晰了：“是爱！”他说。

“什么？”我愣住了。

“当然，我也不好把握，一方面我十分激动，另一方面我又十分自责，甚至怀疑自己的品质。”

我沉默起来。

“我是她的监护人，可她也是女人，尽管她17岁……我是说，在她身上我找到了真正的爱。年轻的时候不是，那是青春冲动的爱，是流淌在情绪里的。那不是我说的爱。现在是成熟的爱，是流淌在血液中的，这才是。”

“可是，你想到结果吗？”

“我不知道。”

那之后，穆晏常来我家，他讲一些关于瑾瑾的事。尽管每一次都很生动，但更多的是穆晏自己想象并丰富起来的感受，真正的接触大概只有一次。那次瑾瑾早晨出门，穆晏站在门口，漫不经心地对瑾瑾说：“来一个告别吻”。大概已经很久没有这种仪式了，瑾瑾动作迟缓地来吻穆晏。就在瑾瑾吻他的一瞬间，穆晏把瑾瑾拥在怀里，当时，瑾瑾脸色酡红。从此，穆晏再也没有靠近过瑾瑾。

春节时我同穆晏、瑾瑾一同去凭临海风的广场看礼花。我受穆晏之托试探瑾瑾，我说：“瑾瑾，你18岁了吧？”

瑾瑾眨了眨灯光下的眼睛，点头。

“有男朋友了吗？”

她抿着嘴笑了笑。

“就告诉我有，还是没有？”

无奈，瑾瑾小声说：“还没确定。”

“我是说，你怎么看你叔叔。”

“怎么啦？”瑾瑾瞪大了眼睛。

“没什么”我说。一下子我也拗口了。“你是18岁了吧？”

“你问过了。”

春节过后我对穆晏说："爱是绝对没有平等的，你也不可能期望平等。"他说："我没期望平等。""那就好。你要知道，你的爱分量太重了，瑾瑾单薄的臂膀是担不起来的，在爱这方面她还是稚嫩的。她正处于对世界充满想象的年龄，也经不住外面世界的诱惑的。"

"我明白。"穆晏说，"只是……你不一定讲出来。"

那之后的春天和夏天我再没见到穆晏。我写小说写得心情沉重，偶尔会想起穆晏，穆晏的心情大概也是沉重的吧。

夏末的一个大雨天，穆晏突然出现在我的院子里。伞下，他的衣襟和裤脚都湿透了："瑾瑾考上了上海戏剧学院！"

他瘦削的面孔放射着异彩。后来许多年，我一想起穆晏，我的眼前就出现他放射异彩的面容，那大概是我见到的穆晏最有质感、最生动的面容了。

穆晏送走瑾瑾之后就再也没有来过我家。我曾在穆晏说的潜藏绿意的雨天去过塔街，我的确看到了大片大片的暗绿，不过我怎么也想象不出，在穆晏眼睛里，雨中的塔街是什么样子的。

街　角

每天早晨，从阳台向下望去，他总是最先闯进我的世界。疙疙瘩瘩的小街上，他充满活力的双腿匆匆走过。不知道究竟是哪一天，他闯进了我心的领域，是五瓣丁香流馨的那个早晨？当时我背着法语，栅栏外的街头上，一个纯正的男低音纠正着我的发音。我抬起头，看到一双诚实、深沉的眼睛。或许是由于我的惶惑，或许还有别的什么，他说了一声“au revoir”（法语：再会）便消失了。

不，是那次初雪后，光折射后蓝色的雪涂上俄式尖顶楼的顶端。我呵着手，把油彩抹到画布上。

“怎么不出来？啥，选个最佳角度？”他在外面。我默默地低着头，心和手都慌乱起来。吱吱的踩雪声，再看时，街头只剩下他结实的背影。

他走过去，他的头向我的阳台上望着，每次都这样。

“小雄！”妈妈在屋里喊我。她的情绪显得格外好，我却相反。

“什么事？”

“什么事？你个人的事，26 岁的人啦，还不想想。”

“这有啥好想的。”

“死丫头，昨天你马姨又提亲了，小伙子是出国留学生，家里还有住房。”

“哎呀，行了妈，我的事不要你管。”我赌气走出房门。

“我不管谁管！哎，你把早点吃了呀！”

每天，他依然从街头走过，依然向阳台上张望。

那是个小雨的早晨，他在栅栏外徘徊着。他怎么没带雨伞？我久久地望，他也久久地往复着。送点什么给他遮雨吧！路人也要相帮的。可我终究没有走出门去。

早晨我站在阳台上，怅然若失，他从我的世界里消失了。一个月过去了，他还没有出现。

宋丹和冰默来看我，她俩是我最好的同学。不觉中，我们扯起了爱情和婚姻话题。先是宋丹无休止的牢骚，她对婚后生活厌烦了，后悔不该有当初。

“女人最不容易”，宋丹说，“男人要体验一下生孩子的痛苦，他们就什么都懂了。可惜，他们没有机会。”

冰默瞅我笑着，但笑的结尾渗进了苦涩。

冰默平静地说：“如果不是结了婚，如果还 22 岁，我会像男人追女人那样去追男人的，不管别人说什么。”她当年是物理系的“袖珍美人”，曾有一些不舍的追求者。为这，还有不少女生忌妒她。

“女人呀，只有等待、等待，明明自己有喜欢的人，却全埋到心里了。最后没办法了，在追求自己的人中选择一个，就这么完成了终、生、大、事。”

我的心起伏着，立刻涌上一股无名的委屈。

他终于出现了。

我跑下楼，我们只有栅栏之隔。

“你……好久没从这条路上走过了。”我说。

他抬起头，眼里好像在问：你怎么知道？

我大胆地望着他的眼睛，不再回避那发烫的辐射，“每天我都在阳台上，看——你！”

“你在阳台上，看我？我怎么不知道，怎么会不知道呢！”

“你也往阳台上望？”

他点点头，又抬起，望着天空。

“是的，我在你家门前徘徊一年多，每天都望你的窗口，可惜我没有勇气跟你讲。你真的每天在看我？”

“是的。”我说。“我也没有勇气，好不容易下了决心……”

“可，现在……我上星期结的婚……”他的头还那么抬着。我看到他眼里闪着亮，不会是眼泪吧？

从阳台往下望去，铁青色栅栏外，总有人群走过，疙疙瘩瘩的小街笼罩着迷蒙的雾霭。

奇异的红房子

区政府班子局部调整的第三天，老刘便因意外车祸住进了医院。大腿骨折，非半年不能上班。好在区里的班子稳定了，他的心病已消。

在打着石膏牵引的病床上，老刘依然工作着，人逐渐消瘦。在病房开会、听汇报、布置工作，接待上级有关同志，哪怕细小的事也要经过他签字。一位跟随他多年的老部下被感动得泪湿眼眶，劝他："老刘，你是病人，这样会把身体搞垮的。"

他说："区里积压的问题太多了，你说我能不管？良心不忍呀。"

他日夜忙碌的样子，连骨科的医务人员看了都感动。

一天，区城建局的一位副局长拿来一项规划报告，并将项目一一列出。老刘请他把文件袋放到床头，同他谈起区里的工作。

"群众一致反映新班子工作大见成效，很多人都想拜访您，都说您是难得的好领导……别的没有什么了。"副局长说。

老刘还问："赵书记的老女儿生孩子了吗？是丫头还是小子？孙区长的儿子从部队转业回来没有？"等。

第二日，城建局的规划批了回去。

3个月后，老刘下床活动了，卧床期间，他还抽空精读了哲学经典书籍和古典小说《三国演义》。

那天老刘活动到阳台上，远看楼下阳光充足的街道，心里觉得舒坦，想坐坐车或者早起跑步。偶然，街对面出现一座结构十分精巧的新房子，欧式建筑风格的尖顶小房子，房顶是大红色的，颇显眼。这座北方小城的建筑是以古朴为特色取胜的，他心里有一股莫名其妙的滋味儿。

老刘又活动到窗前，还是看到那个尖顶的红房子，他觉得这个房子容易让人觉得崇洋媚外。

老刘再活动到窗前，开始琢磨尖顶小房子，他想：红色房顶太刺激，很容易让人联想起别的什么，不如绿的，或蓝的好。

每天，老刘总要看那红房子。房子是干什么用的呢？展览室或游艺室？那绝对不行，太小。那是卖纪念品的？比如邮票、工艺品、纪念卡什么的。

4个月后，老刘终于能拄拐到户外运动了。出了医院大门，他先想到的是那栋他天天观察的红房子。他慢慢走过大道，一步一步跨过小街，他慢慢抬头看那房子，见门上方写着：公共厕所。

丑　丑

同学付词在我的印象中是典型的北方男人，心大，线条粗。近日来，不知为什么变得敏感细腻起来。他常在夜里 10 点以后给我挂电话，除了交流一些读书的体会外，谈论更多的是他的丑丑，说他的丑丑如何通情达理，如何滋蔓母性的善良，如何抚慰他灵魂深处的创伤等，付词离婚四五年了，有很长一段时间，我为他找到新的爱情而感到高兴。不久，我去拜访付词，问及他的“丑丑”。不想，丑丑是一只短腿小母狗。

说起来，我对宠物狗或者其他宠物并没有天然的敌意，甚至在我儿子幼小的时候，我还动议养点什么，以使蜗居大城市中的孩子有机会同动物亲近。由于客观环境限制，这个想法与我的很多好想法一样，在萌生的初级阶段便夭折了。后来，宠物队伍在城市中一天天发展壮大，以惊人的速度繁殖起来时，我的想法才发生了改变。

每到傍晚，舞蹈着碎步的宠物狗出现在大街小巷，走在路上，你时不时都担心小东西绊到你的腿上，你不小碰到了人家的宝贝，搞不好会引起一些口舌之争。有的时候，小东西还在你不注意的时候，突然跑到你的脚下咆哮几声，让你虚惊一场。大人都能被吓着，小孩子就更难幸免，我儿子小的时候，常常被突如其来的宠物狗吓得哭起来。我们的城市，人口稠密，到处拥挤，宠物们也来争取生存空间，这也算一个特色吧。

好不容易下了决心，用公积金贷款买了一套新住宅，这是一个漂亮的封闭式小区。白天工作忙了一天，晚上吃完饭，在满目青草的小区内走一走，心情真是很好。不想，我的好心情并没有持续两天，又看到了满地乱窜的宠物狗。一只两只，一天比一天多，那天，我细心地数了一下，大概有 28 只。我的天啊！一个不足 1000 平方米的场地里，除却花坛和草坪，放射形状的人行道上，每走几步就会碰到一个，原本散步时的悠闲变得小心翼翼、紧张感十足。那些小东西窜来窜去，这个抬腿在椅子边留下“领地”气味，没一会儿，另一个又来了，嗅一嗅，也一抬腿。本来漂亮洁净的小区，到处都是宠物的粪便，几乎抬眼可见，有几次我夜里回家，进门脱鞋时发现，我的鞋底粘了黑色的黏物，没有侥幸逃过“狗屎运”。

我把以上对宠物的看法和感受告诉付词，他立即与我展开了激烈的争论。

我说宠物的花费相对时下的经济实际来说，属于高消费，我还计算了宠物花费与建希望小学的比例。付词指责我不该用传统的眼光来看待新生事物。争论到最后，他脖子青筋毕露，站起来大声说："请你，不要用你的想法替代别人的活法儿，OK？"

一天，我和几个同学应邀到付词家聚会。大家兴高采烈准备入席时，付词对我说："你不要对丑丑那么冷漠，狗通人性，你喂它一块儿小肠肠，你们的关系就会友好很多。""小肠肠"，麻死人没商量吗？碍于情面，我还是按照付词的指令行事，谁想，这个时候，丑丑大概急了点，一张嘴，把我的手指咬破了。接下来，大家都没了聚餐的心情，陪我去卫生防疫站打狂犬疫苗，忙得不亦乐乎。

我有这样的疑问，养宠物算是贵族阶层生活的方式或者传统？富到没事可做的时候，养个宠物以填充无聊或者叫乐趣也行。我们什么时候一夜间生出那么多牵着宠物狗的慵懒贵族？养宠物的生活方式肯定与保护自然界生态平衡无关，而那些牵着宠物狗徜徉在街尾巷头的人也未必都是贵族。别的不说，就说我们小区吧，那些刚刚解决了温饱的人——有很多还都拿着低保，他们可能压根儿就没往贵族这个词上想。

下雪那天夜里，我被手机吵醒了。电话是付词打来的。付词说他在医院，让我过去帮忙。我问他怎么了，他说不是他，是丑丑。"丑丑正在抢救，可能要不行了！"我十分生气，把手机的电源关掉了。没过几分钟，座机的铃声响了起来。我从床上跳到地上，把电话线拔掉。这样，付词是不能干扰我了，可我也无法睡眠。我一会儿躺在床上，一会儿坐起来，一直折腾到窗外蒙蒙透亮。“这个付词呀，他一定病得不轻，他要是没病才怪了！”我愤恨地想。

付词真的跟我生气了，自此不再理我。

大概两个月后，我在同学聚会上见到付词，才知道他已经和前妻复婚，她的前妻跟她分手时曾留了一条小柯基犬，他给小狗起了前妻的乳名“丑丑”。尽管我跟付词关系密切，但我并不知道他前妻的乳名。

付词的前妻两个月前做了一次大手术，好不容易从鬼门关爬了回来。一位女同学说，想不到付词那种没心没肺的人，这次对老婆关心得无微不至。看来，人也是可以改变的。听她这样说，我想起下雪那个深夜的电话，以及付词提到的“丑丑”。

私　学

嘉树答应给28个孩子上课，完全是看表姐梅青的面子。梅青请他吃卤肉面时，嘉树已经在这个城市里飘荡了一个月。梅青似乎知道嘉树求职的艰难，她说如果你到船厂教孩子，帮我们解决了困难，你也不用天天跑劳务市场了。嘉树纠正说："是人才市场"。按常规，人才市场里招的是有学历的人，工作大多是"白领"，而劳务市场常常招收"蓝领"。梅青说："我知道，可城里找工作不容易，我听说很多城市户口的大学生都找不到满意的工作，何况我们乡下来的。"嘉树不言语了。

当初嘉树读师范专科学校，就是为了离开农村，毕业后他才知道，真正需要他的恰恰是家乡的小学。嘉树当然不能回去，可当他到了城里才发现，那些没读大学的同乡早就进城了。为了表示自己跟他们的区别，嘉树不怎么跟他们交往，也不做力工。嘉树对表姐说："为了完成学业，我家以及我本人付出多少，你应该想象得到。"梅青说："你自己最好别背包袱，从大的方面来说，干啥不是打工呢？”

28个孩子是船厂外来务工人员的子女，年龄在7—10岁之间，他们属于父母“扔”不下的，可又没资格在城里学校上学，家长们商量来商量去，决定自己请老师教课，青梅立即想到了嘉树。

新学期开学，嘉树的“学校”也准备开课，教学地点在民工宿舍不远的一个空车间里，黑板是旧物市场上找来的，桌椅是各家拼凑的，不过，学生的教材和嘉树的教学大纲却是从教育书店买来的，十分正规。从某种意义上说，嘉树就是这些孩子的“家教”，可他还是希望老师当得正式一些，严格按小学教学大纲和教学的制度操作，他还给学校起了名字——希望小学。嘉树当然知道，此一“希望”小学和“希望工程”的“希望小学”含义是不同的，民工们不愿劳神去区别那些，他们只是觉得“希望”这个词很合他们的心意。

开学了，嘉树既当校长、教导主任、代课老师又当班主任，一个人忙得不可开交，他很投入，日子也过得充实，到了领工资的日子，民工一家一家凑钱给他时，他才突然意识到自己的特殊身份。月光下，青梅安慰嘉树，青梅说：“圣人孔子当先生时，不也一家一家收猪大腿吗？”嘉树说：“当初如果想到这一点，我是不会答应你的，现在不同了，我和孩子们已经有了感情。”青梅说：“从这一点上来说，我们还要感谢国家为我们培养了大学生。”

六一儿童节快到了，嘉树想搞一次运动会，跑了两天没找到合适的场地，于是他征求家长的意见，将运动会改成了演唱会。经过十几天紧锣密鼓的筹备，演唱会准备妥当。六一那天下小雨，而孩子的家长也想观看演出，于是纷纷请假。巧合的是，那天市长去船厂视察，走到停用多年的旧车间前，他突然听到了齐刷刷的童音——我们的祖国是花园 / 花园里花朵真鲜艳 / 和暖的阳光照耀着我们 / 每个人脸上都笑开颜 / 娃哈哈娃哈哈 / 每个人脸上都笑开颜……孩子们可着嗓子，忘我地唱着。市长了解情况后，心里很难过，他说："看看吧，这就是我们万吨邮轮建设者的孩子，这就是我们祖国的花朵！"

据说市长回去后就做了一个批示，批示内容嘉树不知道，孩子的家长也不知道。情况是这样的，没出半个月，这些孩子就被安排到不远的一个小学里插班就读。孩子们有了着落，嘉树却又一次失业了。市长当然不会想到嘉树，也不会为他专门做一个批示。

——梅青却没忘记嘉树。

嘉树继续在这个城市里找工作，尽管他无法在简历中填上工作履历，可他觉得没什么可怕的，自己已经有过教学经历了，他当过校长、教导主任、代课老师以及班主任。

一园鲜花

“李副队这几天一直泡在鲜花园子里”，这个信息对马副队来说十分重要。大家都知道年底监狱要进行干部调整，对于缺少大队长的二大队来说，李副队李秉强是马副队马军唯一的竞争对手。

说起来，马军比李秉强有“资历”，马军从部队转业时就是副营职，他当中队长时李秉强刚从警校毕业，虽然他和李秉强不在一个中队，也应该算是“领导”，七八年过来了，李秉强和马军到二大队“一个锅里搅马勺”，都是大队长的助手，相处得甚是融洽。不想，6 月份大队长提升为副监狱长，大队长的位置出现了空缺，而排名在马军后面的李秉强被组织安排“牵头”工作，大家都明白，“牵头”和“主持工作”不同，“牵头”是口头的，非正式组织程序，尽管如此，马军心里还是不痛快，觉得上头对谁当大队长表露了倾向性。不过，上头也明确表示，大队长职务需要年底竞聘产生。

李秉强泡在鲜花园子的消息是犯人家属请马军喝酒的时候透露的，当时他的心跳跃起来，身体里窜动着隐秘的兴奋。鲜花园子是二大队犯人陈彬老婆开的，据说他老婆漂亮得跟园子里的鲜花一样。李秉强泡在鲜花园子里干什么？孤男寡女的，做思想政治工作也不用耗费那么多时间啊。

接下来，犯人陈彬和李秉强进入马军“关怀”的视野，他发现李秉强对陈彬十分严厉，甚至有些苛刻。比如，陈彬向监狱的《新生报》投稿，发稿一篇可以记 3 分，按不成文的规定，年底申报减刑时，1 分意味着一天。陈彬头一天得了 3 分，第二天因为劳动时一个小的失误就被李秉强扣掉 10 分。马军想，奥秘也许就在这里。李秉强对陈彬严厉，只有严厉，陈彬的老婆才有求于他，才更依附他；如果再往坏处想一想，说不准，他和陈彬的老婆串通好了，压根儿就不希望陈彬早日出狱。

马军在猜测李秉强的日子里迎来了 12 月，他的心情也越来越复杂，他希望李秉强和犯人老婆“不当交往”的事早露马脚，而他派出的“小兄弟”回来报告，李秉强帮陈彬老婆干活，给花圃的花浇水、施肥、剪枝。最耀眼的几个镜头是：陈彬老婆给马军擦汗，而陈彬老婆眼睛迷了，李秉强一边为她翻眼皮，一边吹着。当然，他的“小兄弟”没能力掌握他们更亲昵的证据，可这些，已经很说明问题了。

马军思前想后，决定把李秉强泡在鲜花园子里的事在竞聘前几天以一种“得体”的方式曝光，可那个日子真的临近了，马军却犹豫了。从本质上说，如果不是升官的欲望扰乱了他的神经，他并不希望李秉强出事，也不希望李秉强丧失原则利用职权跟犯人家属“交易”，堕落下去。他承认李秉强是个好人，可并不是所有的好人在所有的时候都能把持好自己，他是应该看着李秉强“水”下去，利用他的污点战胜他，还是及时对李秉强进行劝阻，在悬崖边儿把他拉住？

竞聘的日子越近马军越觉得难熬，他太需要大队长这个位置了，倒不是这个位置有多大的实惠，关键是，在马军心里，职务是对他个人奋斗和努力的肯定，甚至被他放大到对人生的肯定上。吃午饭时，马军想，自己已经47岁了，并不是总有机会的，所以决定采取行动。到了下午，马军的想法又变了，他觉得这样做会彻底害了李秉强，连醒悟的机会都没给李秉强，并且，用这种揭露隐私的“损”办法，也有违传统的道德精神，马军又不打算行动了。深夜入睡前，马军又这样想：李秉强出事活该他倒霉，谁让他自己不干净，和犯人家属勾搭呢！他马军不能无原则地袒护错误，至于方法也没什么，国外参加竞选，不也常揭竞争对手的伤疤，击打对方的软肋吗？自己这样做，对净化领导者队伍是有益的。

漂着清雪早晨，马军提前到了单位，把一个信封塞到政委的办公室里。

早操之后，马军估计政委已经打开了信封并且惊讶地看完了材料，此时，马军已经彻底后悔了。他觉得自己无论如何也不该干这种事，他的脑子很乱，像贴了封条，什么念头都挤不进去，他只有一个想法，要立即见到李秉强跟他好好谈一谈。

李秉强串休，马军只好到市郊飞机场前那个花圃去找。原本马军以为那个花圃就在自己的脑子里，可到了现场一看，那里有很多家花圃，打听了好几个“大棚”，才找到了陈彬老婆的花圃。

进了大棚，一股芬芳的气息包围了马军，他的眼前盛开了星星点点的鲜花。鲜花丛中站出一个女人，她迟疑着问：“您找哪位？”

在确认对方就是陈彬的妻子之后，马军一时不知该说什么，他说：“啊，是这样的，我是市监狱二大队的……我来……”

“您是找我哥的吗？”

“你哥？”

“是啊，李秉强。”

“李秉强是你哥？表哥？”

“不，是亲哥。”

“亲哥？”马军支吾着：“那，那服刑的陈彬跟你……”

女人摇了一下头，说：“他是我该死的丈夫。”

蓝莓谷

那年夏天小鸥 15 岁，打猪草去了后山谷。从小鸥家到后山谷隔了一条小河，河水瘦的季节，踩着石头就可以过去。奶奶摔骨折后小鸥不得不辍学了，打理家事，侍候奶奶。

小鸥有好久没去后山谷了，走到谷口，他发现以往入山的小径拦了一道篱笆，门口一块立石上雕刻 3 个字：蓝莓谷。小鸥想，后山谷大概被包出去，成果园了，不过，以前他从没听说后山谷有蓝莓。小鸥十分好奇地扒着篱笆墙向里面张望。

“嗨，嗨！”声音从小鸥背后传过来，毫无防备的小鸥吓得几乎坐到地上。小鸥抬起头来，发现一个头发灰白、身材魁梧的老头儿正目光炯炯地盯着他。小鸥告诉老头儿，他住在河对岸的村子里，进山打猪草。老头儿打量小鸥一番，板着脸严肃地说：“我警告你，不要打里面的主意！”看来小鸥猜对了，老头儿是看果园的。

进山之后小鸥的心情并不好，自己长得像偷蓝莓的人吗？

他甚至都不知道这个季节里蓝莓是否成熟，那个老头儿真是令人讨厌！

不想，接下来的事情加重了小鸥和老头儿的对立情绪，再进山时，小鸥发现篱笆墙上加了块醒目的木牌，牌子上写着歪歪扭扭的大字：严禁偷蓝莓。小鸥四下望了望，村子里萧条寂静，山上更是人迹罕见，这块牌子显然是给他立的。小鸥心想，哼，既然你公然挑衅，那咱就斗一斗吧，我不信你看得了这么大的园子。

小鸥安置好打满猪草的篮子，从树林茂密的一处地方摸进果园，其实那个园子并不大，山脚有一处民房，沟塘两侧种植蓝莓，蓝莓树不高，一垄垄如茶树一般。小鸥蹲下来，他发现那些蓝莓叶子下还真的结了果实，靛蓝的浆果上浮着白色干粉。“站住！”随着一声大吼，看园老头儿从一棵树后现出了身影。小鸥撒腿就跑，老头儿在后面追着：“往哪里逃！你给我站住！”他们两人在园子里追逐着，小鸥跑不动了，手扶大腿呼哧呼哧大口喘气，老头儿和他相隔十余米，也弯腰喘着粗气。

起初，小鸥并没想摘一粒草莓，他只想作弄作弄那个老头儿，奇怪的是，去蓝莓园和老头儿“斗法”成了打猪草之余的趣事，因为无论小鸥从什么地方进果园都能撞上老头儿，好像老头预先设了埋伏一般，这样反而激发了小鸥的斗志，他动了不少脑筋，比如把衣服挂在甲地，从乙地进入；比如头上身上用树枝伪装起来，可是，刚刚进入果园，老头儿就在不远处现身了，大喊：“站住，这回看你还能不能跑掉！”小鸥还是跑了，他终于发现：老头儿根本追不上他。

小鸥开始轻松地作弄起老头儿了，他大摇大摆地进出，反正老头追不上他，不想，老头儿制作了一个带绳索的竹竿，有点类似套马杆那种，大意的小鸥还真被套住一次，可惜那个绳索不结实，一拉就崩断了。

这期间，小鸥还是尝到了蓝莓的滋味儿，他捡的是落在地上的蓝莓，捡蓝莓时他想，这老头儿真不善良，宁肯烂在地上也不给别人吃。小鸥拿些落在地上的蓝莓给奶奶，奶奶刨根问底，小鸥撒了谎，说蓝莓谷的老头儿给的，“你看都是熟透的，不吃也烂了”。奶奶相信了，说蓝莓真好吃。

后来老头儿又发明了大弹弓，那个弹弓有点像古代的弩，追逐过程中，小鸥左躲右闪，蛇形跑动，老头儿的弹弓总也射不到他。下大雾了，小鸥要上山打猪草，奶奶劝阻也不行，其实小鸥心里惦记着蓝莓谷的老头儿，他想，这样的天气总不会再撞见了吧。这次进园小鸥没捡落地果，他开始摘树上的蓝莓。“好小子，你又来了，这回看你能跑哪去！”突然，传来老头儿的声音。大雾 3 米内见不到人，小鸥一边躲闪一边咯咯笑，影影绰绰地和老头儿捉起了迷藏。

阴雨天里小鸥也忍不住要去蓝莓谷，这次他被大弹弓击中了，先是惊了一下，后来发现那个弹丸是胶皮的，就肆无忌惮地和老头在园子里绕开圈子。老头儿跑不动了，远远地落在了后面。

小鸥路过农舍，透过窗户发现屋里有 3 台电脑，小鸥拉开窗户，看到电脑连接着果园四周的监视器，电脑旁边还有一张手绘图，上面标着红色指示箭头和密密麻麻的黑色小字。小鸥狡黠地笑了。

那天晚上天晴了，小鸥突然想到，蓝莓树可践踏得不轻。第二天早晨，他就摸进园子里扶那些倒掉的蓝莓树，这次老头没有出现，小鸥已经知道监视器的盲点在哪里了。

小鸥和看园子老头儿斗智斗勇、追逐了整个夏天，山里树叶泛黄飘零时，父亲把他接到遥远的省城插班就读。一天，工装上沾着水泥灰的父亲急匆匆来到学校，严肃地问小鸥蓝莓谷的事，他紧张得要命，不知从何说起，后来他知道，蓝莓谷的老头儿去世了。老头儿不是看园子的，而是蓝莓谷的主人，早在 7 年前就患了癌症。老头儿去世前留下遗嘱并做了公证，他将蓝莓谷送给了希望工程，并点名要重点资助小鸥，直到他大学毕业。

鸟的寓言

刚刚哥和小眨眨是在电视台相亲节目牵手的，刚刚哥本来以为是一场娱乐秀——舞台上牵手，舞台下分手。相亲秀实现了预期目的：成全了电视台收视率和广告收益，小眨眨亮相于梦想进军的娱乐界，而刚刚哥也在半年前分手的女友面前出了气，维持了虚荣。从电视台演播大厅出来，刚刚哥和小眨眨都松了一口气。刚刚哥对小眨眨说："趁你微信拉黑我之前，我还是主动把微信删了吧。"小眨眨说："你太逗了，何必那么急着要人家的态度呢？其实我们不成恋人还是可以做朋友的。"

事态的发展打破了刚刚哥和小眨眨的计划，双方家长和亲朋好友都看了电视节目，甚至观点一致地认为刚刚哥和小眨眨是完美的一对儿。说到这里需要解释一下，刚刚哥和小眨眨是两只小麻雀。接下来，相亲活动从舞台移到了实现生活中，麻雀长辈们开始忙碌起来，毫不吝啬地挥洒着精力和热情。

刚刚哥和小眨眨虽同属一个地域，他们的身份却有差别，小眨眨属于城市住户，家在城市中心的公园里，算得上书香门第，一开始心理上就占了优势。刚刚哥属于城郊住户，贴近大自然，丰衣足食，可毕竟属于劳动阶层。所以，第一次两家“老麻雀”见面，眨妈和眨爸几乎无视刚刚哥家周边的自然美景，张口闭口讲的都是文化，比如公园里的音乐、地面书法、扇子舞什么的；吃的也不一样，游园孩子们奉上或丢下的都是西洋点心。送走眨妈和眨爸，刚爸和刚妈望着树梢后的夕阳唉声叹气。不过刚爸很快找到了安慰，他对刚妈说：“咱儿子还算有福气，攀上了人家的高枝儿。我曾祖的曾祖曾经预言，到了俺家第十二代，血统就会大大改变，这样一算，到了刚刚这一辈儿，正好十二代。”刚妈不屑地扭过头去，她说：“别听他们悬乎，他家的血统也高贵不到哪去，我听说他们祖上不过是鸟王的礼仪官。”

按习俗和礼节，女方家长随后安排见面会，刚刚哥陪刚爸和刚妈来到了华丽、秀美的中央公园，刚爸和刚妈的眼神儿都不够用了，他们跟在刚刚哥身后，生怕自己的形象影响了华丽气派的环境。

聚餐之前，眨爸和眨妈带刚刚哥一家参观博物馆，那个博物馆是眨爸为纪念家族先祖修建的，有点类似人类建的祠堂，里面摆满了牌位。

眨爸介绍说：“这个是我曾祖的曾祖，为鸟王服役大半辈子，告老还乡时赶上人类‘除四害’运动，就从遥远的京城来到这里安家落户……”他大概想到，刚妈和刚爸听不懂，进一步解释说：

“人类在20世纪50年代开展了一场全民性的‘除四害’运动，我们麻雀被当成一害，差点儿被赶尽杀绝。当然，古怪的人类和我们的纪年方式是不一样的，不去管他了……我曾祖的曾祖就在这个地方避难，从此福荫了我们这些后代。”

刚妈大气不出地跟在后面，刚爸却流露出羡慕的神色。

眨爸沿着牌位摆放的方向继续介绍：“这是我曾祖的父亲，到了人类的80年代，我们麻雀又遭遇了劫难，我们成了古怪人类外贸出口的商品，增加农民的副业收入。好在我们住在城里，没受到灾难的波及。”刚妈的脸色很难看，她大概联想到自己家族的一些不幸。

眨爸说：“到了我曾祖的时候，也就是人类的90年代，古怪的人类兴起烧烤炸麻雀热，我们成为他们时兴的一道下酒菜，公园里有人设网，有人射击，有人下药，好在我曾祖机灵，几次虎口脱险，这才延续了家族的血脉。”

刚爸表情凝重地点头，啧啧地发出感慨。

眨爸仍兴致勃勃，他指着一个牌位说：“这个是我爷爷，从他开始，我们麻雀终于进入了美好时代。人类的2002年8月，他们的鸟类专家组全体成员投票，一致通过将麻雀列入国家保护动物。不过话说回来，虽然经历过那么多灾难，我们还是顽强地繁衍下来，一点都没输给古怪的人类……”

刚爸笑眯眯地瞅了瞅刚妈，刚妈白了刚爸一眼。

这时，眨妈在树枝后面喊道：“用餐时间到了！”

吃饭时，眨妈絮絮叨叨地讲小眨眨天资如何聪明，从小就在公园里耳濡目染，能歌善舞，多才多艺。刚妈有些不服气，她插话说：“刚刚哥从小就身强体壮，别的小麻雀最多每秒飞10米，刚刚哥可以飞11米，别的小麻雀最高可以飞20米，刚刚哥可以飞21.5米。”刚爸用脚偷偷蹬了刚妈一下，刚妈大声喊：“本来就是嘛，难道我说错了吗？”

吃过饭，刚刚哥偷偷给小眨眨发了一条微信：我有些讨厌这些长辈。小眨眨的回复是：Me too。

半年后，刚刚哥应邀参加一个鸟类基因测试，测试结果表明，刚刚哥的DNA更接近金丝猴，刚刚哥吓得不敢大口喘气儿，尤其令他困惑的是，小眨眨的测试资料显示，她的基因与鲱鱼接近。“太吓人了！”刚刚哥想。

|译|

漫画生肉之一

这个故事的主人公叫华安。华安是个绘画天才，打6岁第一次获得新加坡国际儿童绘画金奖开始，一直到初中辍学，他获得的奖励证书贴满了他家窄小、暗黄的方厅。华安父母身上并没有艺术细胞，他老爹是环卫队清洁车司机，老妈是理发店的理发师，他们都把梦想寄托在华安身上。十余年来，他们缩衣节食、风雨无阻地送华安去各种美术辅导班，最终华安还是辍学了，没办法呀，华安成长这段时间，教育体制要求全面发展，停留在加减乘除阶段的华安肯定吃亏，初中时门门功课不及格，辍学也是无奈的事情。

华安的邻家小妹莓儿比他辍学还早，莓儿辍学跟学习没关系，是身体原因，莓儿得了一种怪病，她不能像常人那样与人交流，怕风怕光，甚至怕白天，她整天把自己关在家里读书，也许她有一个自己的世界，她的世界与现实世界没有关系。

华安跟莓儿什么时候接触的，没人知道。有一天莓儿的父亲发现莓儿和华安来往时，莓儿已经画了一手好画，莓儿父亲十分感谢华安，还专门到华安家拜访，给华安送了一千多块钱的绘画工具。不想，那年初春，莓儿父亲出重手打了华安。如果不是莓儿替华安挡了父亲戳来的伞尖儿，华安的一只眼睛恐怕就瞎了。

华安的父母并不知道华安和莓儿之间发生了什么，从莓儿父亲暴怒的态度中，他们知道出了大事儿，莓儿是个病女孩儿，一定是儿子欺负了人家，他们没有争辩，除了教训儿子，就是向莓儿家赔礼道歉。莓儿父亲并不接受道歉，他声明，以后不管在什么地方看见华安，见一次就要揍他一次。

正好那段时间中介公司招揽去日本画漫画的研修生，名义是研修生，其实就是打工的。华安父亲准备送华安去日本。去日本打工也不容易，培训费、中介费什么的加到一起好几万，华安父母亲商量来商量去，只能把房子卖了，他们觉得华安留在国内，早晚还得给他们惹出祸端，如果他画画能自食其力，也算了却他们一块心病。

华安去日本时心情并不好，好像被家里抛弃了一样，所以到日本一年多时间没跟家里联系。华安父母都担心华安的生存状况，通过熟人和中介公司不断打听华安的情况，好在他们听说华安能吃饱喝足，也算得到些许安慰。

转机发生在华安去日本的第三年，严格说是两年零七个月，那天，华安的父亲收到一笔从日本汇来的巨款，随后，一位自称是华安经纪人、名叫岩下的先生来找华安父亲，说那些钱是华安给父母买房子的。岩下还带来一些图片和影像资料，华安的父母这才知道，华安在日本漫画界已经成了大神级人物，他所在的漫画出版社公司也准备进入中国市场。华安父亲表示房子不重要，早一天或晚一天买都无所谓，目前最想见的还是儿子。岩下说："现在还不行，他没时间接待你们。"华安母亲说："我们不打扰他，从旁边看看就行。"说着还嘤嘤地哭起来。岩下一脸严肃，他说："主要是华桑不想见你们，他说他不喜欢你们。"

华安父母住进宽敞的楼房之后，从电视上看到消息，知道华安的漫画集已经在国内出版了。第二天早晨有人敲门，华安父亲打开房门一看，是莓儿爸爸。他刚想关门，莓儿爸爸说："求求你别关门！"华安父亲看到，莓儿爸爸的目光是诚恳的。

原来，华安的漫画没有文字说明，无法翻译，业内把没翻译的日本漫画叫漫画生肉，他这个漫画生肉可不是一般的生肉，加之日本人理解漫画和中国人理解漫画不一样，出版社碰到了难题。后来，不知道出版社从什么渠道得知莓儿能够理解华安的漫画，就请莓儿出面试解，谁想，莓儿不仅理解漫画的意蕴，几乎完美地翻译了作品。出版社破格录取了莓儿，聘请她为特约编辑。莓儿父亲觉得有愧于华安，特地登门致歉。

华安父亲叹了口气，这个时候他有底气问莓儿爸了，当初华安和莓儿之间到底发生了什么？莓儿爸叹了口气，他说："那天我回家，发现莓儿床上有大摊的血迹，你可能不知道，莓儿的病是不能流血的，一旦流血生命不保。”华安父亲愣愣地看了华安母亲一眼，他说如果是这样，华安为什么到今天还不原谅我们呢？

择

漫画生肉之二

日本漫画精英一般都聚集在东京练马、杉并、新宿和涩谷。作为精英中的精英，华安却隐居在京都金阁寺不远的一片松林掩映的宅子里，他没日没夜地画啊画的，出版的漫画书堆满了屋子，仿佛自己淹没在书的海洋里。华安这叶小舟在漫画界汪洋里一漂就漂了10年，10年间他很少感受外界的寒来暑往，对外界的褒奖和膜拜、八卦和讥讽也都一概不知，全然沉浸在自我封闭的世界里，这样的状态无疑对创作有利，但对华安个人健康来说，尤其是精神健康来说就不那么乐观了，两年前，漫画界就传出华安精神出了问题的传言。

一天早晨，华安仿佛突然从沉睡的大梦中回到现实世界，他对餐桌对面的岩下说："我想吃好东西！能不能帮我买来日本最好吃的食物？"岩下先是一愣，接着，手中的咖啡泼满了胸襟。岩下去给华安置办奢侈的食物时，偷偷给株式会社的董事挂了电话。由于华安不食人间烟火，一些董事担心华安这样的天才之星会过早陨落,暗自里减持公司的股票。这个消息一定十分鼓舞士气。

那天晚上，华安胃口大开，吃了顶级金枪鱼、神户牛排和怀石料理，吃得对面的岩下目瞪口呆。吃过了，华安抹了抹嘴巴，对岩下说：“我是不是该考虑找一个女伴？”岩下一下子跳了起来，对于他来说，真是惊喜不断！岩下说：“应该应该，早就该这样了……请问华桑,您想找什么样的女伴呢？依您目前的条件，找什么样的女伴都不会困难。”

华安有些冷漠地说：“我想找一个智能女伴。”岩下手里的咖啡杯又倾斜了，一点点染到领带和衬衣上。

华安不理会岩下，思忖着，用手比画着。岩下试探着问：“亚裔女孩？”华安摇了摇头。岩下又问：“洋妞？”华安又摇了摇头。岩下摊开双手：“不会是黑姑娘吧？”华安说：“不不不。”岩下糊涂了，问：“那是什么样的智能女伴呢？漫画二次元？”华安拿起笔来，画了一个女孩儿的模样。岩下看着，手端着下巴点头儿，他说：“还是亚裔女孩儿嘛。”华安说：“不是哪一类女孩儿，而是这个具体的女孩儿。”

岩下拿着华安的画稿去世界各地联系智能机器人厂商，不知道哪个环节没密封好，华安要找智能机器女孩儿的消息还是泄露出去了，在一定的范围内引起了震荡和波动，华安的粉丝有的悲痛欲绝，有的甚至跑到街上做出极端的事儿来。为扭转舆论带来的负面影响，公司智囊团接连几夜讨论，决定顺水推舟，最终策划出一个借力打力的方案，他们将以现象级事件和行为艺术的方式，把华安选智能女友的事件公开化，更深入、更广泛地挖掘其背后的经济价值。

华安选女伴活动安排在东京国际智能博览会开幕式上，经过 3 周的热身，这一事件已经发酵成轰动效应。活动当天，会展中心门前人山人海，明星大腕云集，摄像机长枪短炮形成了围墙，在大家翘首企盼中，却迟迟见不到华安的身影——华安突然决定，他将通过电脑连线的方式选择女伴。

华安的举动打碎了十几个关联方的梦想，好在他还给这个炒热的事件维持了一点温度，华安选走的是 7 号智能女伴。

华安选走了女伴，后边的事他就不管了，有一大堆人在给他收尾呢。无论是褒还是贬，华安本来就不在乎。

在京都那座静谧的房子里，斜阳透过木格窗照在智能机器人身上，华安翻来覆去打量那个女伴，不久，他的兴致就消失了，丢下女伴去画漫画。这时，女伴说话了："私は座ってもいいですか。"华安抬头瞅了瞅女伴，严肃地说："请说中国话！"女伴问："您不会日语吗？"华安说："我来日本 10 年，可我从不说日语。"女伴说："您不喜欢日语吗？"华安说："我是中国人，我最喜欢的还是中国话。"

女伴用中国话说："我可以坐下来吗？"

华安说："这样说不就好了嘛！我不管你会几国语言，以后你跟我只能说中国话。"

女伴说："好的。"

华安继续画画，房间里沉静下来，只有华安笔尖划出的摩擦声。

过了一会儿，女伴问："我可以看您绘画吗？"

华安说："请随意。"

女伴走到华安身边，她把手轻轻地放在华安肩上。

华安笑了，他似乎觉得很舒服。

女伴又将前胸贴在华安的后背上，呼吸变得有些急促，胸口起伏着，慢慢地，女伴的脸凑到华安耳边……华安手里的笔尖滴下一块儿脏墨。

华安转过身来，笑着对女伴说："现在的机器人这么高级了吗？会呼吸、有体味儿，还有温度？"

女伴没笑，她拿起华安丢弃的画稿看了看，随后望着华安的眼睛问："华先生，您画的女孩为什么胸口都有一个痦子呢？"华安的脸色立刻变了，盯着女伴仔细观看。女伴的眼睛里渐渐渗出泪水，同时，一点点脱去银光闪闪、金属感很强的衣服，她的胸口露出一个痦子。

华安尖叫了一声，捂住眼睛。

华安大声喊："莓儿，为什么是你，为什么是你？"

据说华安在那天晚上就失踪了，一个月后岩下才找到他，不过，更伤心的应该是莓儿，莓儿向岩下表示，我理解华安，他需要时间，更需要我们的耐心！

杀

漫画生肉之三

华安创作的漫画作品不计其数，其中很重要的一个原因是华安使用了很多笔名，10 年累计下来，连华安所在的出版株式会社都难以精确统计了。华安自己最中意的作品叫《板凳侠》，中意不是得意，中意有个人喜好的成分。《板凳侠》不是最火的作品，加之华安用了笔名，所以很多读者没有把这个作品跟华安联系起来。

华安在创作别的漫画的同时，陆陆续续画了 7 年《板凳侠》，出版了四十多辑，并没有获得预期的市场效果，两年前公司果断决定，停止《板凳侠》的出版。

转眼冬天来临了，一场夜雪过后，房前屋后一片银白。那天早晨，华安突然决定，他要把《板凳侠》捡起来，岩下先生沉默良久，迟疑并委婉地劝阻华安，但华安的态度十分坚决，他将放下手里正在赶工的定制，不惜违约合同也要画《板凳侠》。

《板凳侠》讲的是玄幻故事，主人公是一个叫木的持剑少年，他英俊、冷酷，神通广大，侠骨柔肠，穿梭往来于宇宙十维空间里宣示正义、除暴安良。华安重操《板凳侠》这个旧业，是他自己不甘心？怀旧？还是受到了某种暗示？

华安一开始创作便进入痴迷甚至癫狂的状态，他连续画了两天两夜，雪晴那个早晨才仰在躺椅上睡着了。朦朦胧胧之中，华安被人推醒了，他睁开眼睛，看见木站在对面。华安打了个哈欠，转身继续睡去，不一会儿，他突然坐了起来，眼睛睁得大大的——果然是木，不是幻觉，木真真切切地站在他斜对面。

华安问："木，你活了吗？"木冷笑着反问华安："你认为呢？你不是把我塑造成无所不能的人物了吗？"华安伸手触碰一下木，觉得木有实体感，他高度紧张起来，自言自语道：这怎么可能，你不会是岩下定制的智能人吧？木说："我只是木，你创造出来的怪物。"华安觉得木说话的口气很不对头，问木："你来一定有什么愿望吧？"木说："是的，我来是想在你我之间做个了断。"华安愣住了，问："了断是什么意思，我们之间有问题吗？"木说："不是问题，是仇恨，你是我的敌人……"华安连忙打断木："等等，我怎么会是你的敌人？我对你倾注了我最宝贵的精力、激情和理想，连你都是我造就的，我是你的恩人，不是你的敌人。"华安的话对木没起任何作用，木用剑指向华安，华安的喉头感受到冰凉彻骨的剑气。木冷冰冰地说："你塑造了我没错，但那是一个你理想中的木，不是我自己，理想中的木是不真实的，无论在哪个空间维度，事物都有依存的生态和条件，就像你们需要阳光、空气和水一样，你不能把我扔到虚幻之中，满足你的理想而牺牲了我，现在你明白为什么你是我的敌人了吧？”华安似乎明白了，他说：“你不想做木了是不是？你所谓的了断就是阻止我继续画下去？”木说：“我知道，我无法改变你的想法，也阻止不了你的决心，我唯一能做的就是杀死你，只有你死了，我才能自由地消失。”华安笑了起来，说：“你不要高估了你的能力，你是我创造的，你的所有弱点我都了如指掌，你想杀死我？笑话！”

事实上，是华安高估了自己的能力，他以为将新画的漫画烧掉，就可以在他和木之间竖起一道火墙，他没有想到，木可以穿越十维空间独来独往，怎么能阻止得了木！华安唯一能做的就是跳到阳光下，使得木成像的影子模糊起来。华安立即跑出寺庙后的宅子，开始逃亡了。

华安登上回国的飞机，飞机在空中遇到了雷暴天气，他隐约感觉到木也进入飞机客舱，华安连忙打开机舱遮光板，总算坚持下了飞机。

华安随着摩肩接踵的客流出了机场，他不敢回头，在迎接乘客的出口处，他意外地看到了莓儿。没等华安开口，莓儿说：“岩下先生给我来了电话，他说你不辞而别，还查了你的行程记录，所以，我一个小时前就手捧鲜花等在这里了。”华安问：“岩下为什么找你呢？”莓儿笑了，说：“你别忘了，你所有作品在国内的出版和翻译都是我做的。”候机厅外阳光灿烂，华安舒了口气。他把莓儿拉到一边，劝告莓儿离他远一些，非常危险，莓儿不解，华安就把木从漫画中走出，正在追杀他的经过详细告诉莓儿。“我这样说，你一定认为我精神有问题，可是，我没有。”莓儿说：“我知道你精神没问题。”接着，莓儿问怎么可以帮到华安，华安说他必须住在高强光的环境里，否则性命不保。

莓儿带华安去了童年住过的老房子，几乎在同时安排工人给那个老房子安装了几十个 LED 灯头。华安坚持一个人待在房子里，无奈，莓儿只好离开了。

华安在那个单色调、充满强光的房间里待了 7 天，他反复回忆自己生命过往的经历，很多记忆一点点复苏，他的眼角慢慢溢出泪水。

那天晚上，莓儿带着一本漫画书来看华安，她打开漫画书，房间里一片黑暗。华安惊慌起来，同时用身子挡在莓儿前面。黑暗中，一脸怒气的木出现了，他举剑向华子刺来，这时一个女剑客用一个红蓝相间的盾牌将剑挡住了。木大声说：“没有谁可以挡住我的剑！你究竟是谁？”女剑客回答：“我是樱，是莓儿创造出来的，所有的恩恩怨怨都由我们两个来解决吧！”

于是，木和樱凌空飞舞，凶狠格斗，令人眼花缭乱。后来，木和樱的影子从房间里消失了，但搏击声一直穿越时空，响彻九霄云外。

| 安　东 |

不知道跟闲了有没有关系，反正近期同学聚会挺频繁的。大学同学聚完了，中学同学聚，现在又搞小学同学聚会。老董是小学同学会的发起者，答应出钱置办酒席，制作纪念册。小时候老董属于被白眼那类的，现在，在小学同学中比较，应该算混得不错，土豪级别。老董给几个还有联系的小学同学打电话，让每个人分别联络。给我分配的任务是 8 个同学。我对老董说："别太乐观了，几十年没联系了，模样都记不得了，名字也叫不上几个。"老董说："一个联系一个不就都联系上了吗？反正你的任务是 8 个。"

我试探着联系了一下，完全出乎我的预料，大家参与的热情都很高。一个传一个，3 天时间就完成 8 个指标。老董给我打电话，他得意地说："怎么样？还是我有判断力吧，咱这些同学到了退休年龄，孩子大了，成家的成家，立业的立业，大把的时间可以用，没有不想聚一聚的。"我说："不管怎么说，我的任务算是完成了。”老董说：“咱班55名同学，除了一个去世的，两个在医院住院的，只差安冬和马丫两个人，谁都联系不上他们，这个任务还是交给你吧，小时候你和安冬的关系不错，你应该有办法。”

小时候我和安东住邻居，总在一起玩。马丫家离我们也不远，她家在运动场后面的部队大院，那里整齐排列着4栋五层红砖楼，周围是高大的白杨树。我想应该是小学四年级的时候吧，马丫突然辍学了，同学们传说马丫得了非常恐怖的病——成了吸血鬼，白天不能见阳光，夜里才脸色苍白地出现在窗口，不知道是透透气还是寻找目标。当时，同学中关于马丫的传说很多，后来越传越神了，我心里有些难过，想象不出我们班里最漂亮的女孩儿居然成了吸血鬼。

有一天，安东上午没来上课，课间操时同学们悄悄议论，说安东偷偷去马丫家，给马丫提供鲜血。我听得后背发冷。安东出现在教室门口，也许是受到暗示，我真的觉得安东的脸色显得苍白。

那年寒假安东和我在一起玩的时间少了，一个阴冷的雨天，我尾随在他的身后，还真见到他去了马丫家，从那之后，我几乎断绝了和安东的往来，具体原因说不清楚，也许是恐惧吧。

后来父母去支援三线城市，我也转学了，直到大学毕业之后才又回到童年的城市，安东和马丫却消失在我的记忆里。

令我为难的是，小学同学都没有安东和马丫的联系方式，有个同学说他 20 年前见过安东，安东和马丫成了家。他说安东脸色灰白像个活死人，后来也联系不上了。我去了童年的窄街，也去了当年的部队大院，那里已经盖了高楼，早年的痕迹荡然无存。没办法，我只好去派出所寻找线索。这个城市里叫安东的人一共 16 位，排除各种因素，有一位安东还比较接近，只是出生日期有点出路。我记得安东和我同岁，生日比我小，户籍上的安东却年长我一岁。按地址我去找安东，结果白跑了路，那个地址没有安东这个人。由于拆迁频繁，人户分离的情况普遍，我打听了所有能打听的人，还是没得到想要的答案。

聚会约定的日期一天天临近，我一筹莫展。下雨的那天中午，老董给我打来电话，约我商量聚会的事儿。一见面我就把我找人的周折告诉他。老董说他打听到安东的消息了，说有个同学大壮几年前见过安东，安东在环卫队里当司机。老董还说，安东一直和马丫在一起生活。我沉默一会儿，自言自语："安东太不容易了，这么多年守着一个需要不断供应新鲜血液的人，他的生活一定十分艰辛。"老董说："是啊，大壮说安东生活挺困难的。"我对老董说："我有个提议不知可否。"老董直盯盯地看着我。我说："建议同学会上，大家给安东募捐，帮一帮他。"老董想了想，说："好是好，不知道安东能不能误会了大家的好意。"

我好不容易找到了安东所在的环卫队，负责人是个胖胖的中年妇女，遗憾的是，她也没有安东的电话。"那你们怎么联系呢？"我问。她说，安师傅上班很准时。"那我怎么能找到他呢？”她看了看夹在塑料卡上的排班表，说：“安师傅明天早班。”

从胖女人那里知道，安东两年前就办理了退休手续，仍返聘在工作岗位上。一如我们的猜测，安东的生活的确很拮据，我做了这样一个想象，如果安东拒绝我们的捐助，我就故意把钱丢到他清扫卫生的地方，制造出捡到的意外情境。可是，如果他拾金不昧，把捐助款上交怎么办？我一路纠结起来，打开家门时突然想到，可以先跟环卫队的负责人说明情况，让他们以奖励的什么方式发给他不就行了吗？唉，人老了，脑筋转得也慢了。

凌晨2点，大街静谧，让人觉得很不习惯。我站在十字路口向大街深处遥望，一辆环卫洒水车出现了，它行驶得十分缓慢，在路灯的映衬下仿佛一朵飘散的蒲公英。

我迎着洒水车走了过去，车在距离我七八米的地方停了下来。

“安东！安东！”我喊着。

先是车窗里伸出一个头来。“我是你小学同学啊！”我说。洒水车停下，车门打开。一个瘦弱的身影从驾驶室里下来，我没有看错吧——马丫，尽管不用仔细分辨，我想那个影子一定是马丫！

1974 年天空的鱼

这个故事是朱余讲给我的，那时我们住图书馆旁的老宿舍，寝室在一楼潮湿的西北角，对门就是厕所。我记得那是一个雨夜，雨打窗户的声音遮盖了厕所里的滴水声。半明半暗中，我看不清朱余的表情，只听到他干涩的声音。朱余说，故事是他父亲讲给他的——

我父亲年轻的时候很淘气，常常平白无故地搞点恶作剧，比如他用土黄色的包装纸包一个包儿，那种一斤饼干或者槽子糕或者桃酥的包装，放在马路边儿。点心包放下没一会儿，准有人捡起来，四下张望，或者寻找丢失者；或者察看目击者，然后鬼鬼祟祟地放到自己的背包里或者撩开衣襟藏到里面，匆匆忙忙或者慌慌张张地离开。很显然，那里面又没点心，是父亲放的泥皮儿。那些泥皮儿是泥塘干涸后干裂的一层，很像饼干。拾到点心包的人回家（有性急的也许半路）打开一看，自是空欢喜了一场。父亲想象那个场景就肚子一抖一抖地发笑，甚至笑到小肠岔气儿。父亲的恶作剧所以屡试不爽，主要是因为点心是那个年代的稀罕物，要钱要粮票，绝对的奢侈品。

我父亲最高级的恶作剧是1974年7月的第一个星期天，那天阳光灿烂，父亲去供销社买了一瓶红烧肉罐头和两棵大头菜。那个时候我父母结婚不久，母亲是护士，新婚3天就随医疗队去支援牧区，一走就是3个月。父亲接到母亲的电报，知道她下午到家，准备晚上包饺子迎接母亲。父亲哼着小曲走出供销社的大门，来到街边，随意地手搭遮棚，看了看热辣辣的太阳，望的时间并不长，等他放下手时，发现身边有两个人也跟着望向天空。

一个龇着黄板牙的矮个子问父亲：“你看见什么了？”父亲狡黠地笑了，他又开始郑重其事地看着天空。“到底看到什么了？”另一位满脸青春痘的瘦高个儿问。父亲不说话，只管抬头看天。

不一会儿，凑过来十多个人，人们都仰望天空，一边望还一边议论着。“看见了，看见了！”有人说。“在哪儿？”有人问。“在那儿，你没看见吗？你真笨！”“哎呀，可真是的，我看见了，看见了！”“哪儿呢，哪儿呢？”

越来越多的人围拢过来，还有老人、小孩和妇女。一个人在父亲身后拍了他肩膀一下，“闪个空儿，你挡住我了”。我父亲挪了两步，又听到一个老人喊：“别挤，挤什么呀！”一个女人喊：“你踩我脚后跟儿啦！”“我踩了吗？别瞎赖呀！”男人的声音。“缺德！”女人嘟哝。

“别碰我啊！”小伙子的声音。“我碰你怎么啦？”另一个小伙子的声音。“你再碰我一下试试！”“我就碰了怎么的！”两人吵了几句，就找地方武力解决去了。

我父亲已经悄悄挤出了人群，他走出大约100米后，回头望了望，发现人群还在仰望天空。

父亲向家走去，笑了一路。

朱余说：“自那天算起，10个月后我来到这个世界，我父亲给我起的名叫朱鱼，我觉得这个名字够土，上大学之前把它改成了朱余。”

毕业后我和朱余天南海北的，联系也少了，可他讲的故事我久久不忘。一个雨夜我给朱余挂了电话，问他，他讲的故事和他原来的名字朱鱼有什么关系吗？他一时没反应过来，我复述了他父亲仰望天空的事儿，朱余笑了，他说那天傍晚，母亲回家对父亲讲，供销社门口一群人在看天空的鱼。父亲问母亲：“你也看了？”母亲说：“我不仅看了，而且我还隐隐约约看到了鱼。”

我哈哈大笑。

朱余问我：“这么晚了给我打电话就这事儿？”

我说：“嗯。”

耳光子

罗北和骆南在同一个宿舍多年，他们的关系还算不错，虽不是亲密无间的朋友，却也互不反感。研二那个暑假，本来 4 个人的房间就剩下 2 个人，他们以 AA 制方式买了一打啤酒，相约看世界杯。一般来说，一起看球也是有前提的，两个人必须喜欢同一个球队，这样，不至于在看球过程中发生不愉快甚至冲突，这一点大概他们都想到了，遗憾的是，他们对接下来的事情估计不足。

罗北和骆南喜欢的那支球队意外失利，并且在他们看来，失球不属于意外，而是原本就不该发生的低级错误，所以比赛结束时，他们的心情都不太好。他们在一起进行复盘式讨论，骆南性格内向，细声拉语，像怨妇一般数落起来；罗北性格外向，粗暴地骂了一通。不管什么方式，发泄过后他们还是回到了当下，他们发现，一开始都开了瓶盖的那打啤酒，根本没喝几瓶。

罗北说："酒怎么办？"骆南看了看，说："算了吧，喝不动了。”罗北说：“不能用别人的错误惩罚自己，来，咱们继续。”骆南看了看酒瓶，说：“可还是吊不起心情。”罗北说：“瓶盖可是你打开的。”骆南大概有些心疼钱，态度暧昧起来。

罗北说：“这样吧，赢花生米。10粒花生米一杯酒。”“怎么赢？”骆南问。“石头剪子布，每次10粒。”这种转移情绪的方式还真有效，他们很快投入到对赌的游戏之中，一袋花生米一点点减少，啤酒也一瓶一瓶地空了出来。

夜深了。花生米袋子瘪了。罗北脸颊红润地拿起袋子抖了抖，滚落出几个落网的花生米“残兵”。罗北两只手捏着不够圆整的米粒，送到嘴里。“你玩赖！”骆南眯缝着眼睛说。“算不上玩赖，一共也没几个，不够咱们玩一次的。”骆南四下瞅了瞅，目光停留在酒瓶子上，还有两瓶，指标没有完成呐。

“不喝了吧，干喝没意思。”骆南说。

罗北说：“别啊，剩啥也别剩酒呀！三把两胜，赢家不喝，输家一杯。”

第一局罗北赢，骆南看着酒眼晕，他磨磨蹭蹭，就是不肯喝，罗北认为规矩破不得，逼着骆南喝，无奈，骆南说，你弹脑嘣吧，顶罚酒。罗北说：“弹脑门不刺激，实在要顶，就用耳雷子顶。”

“耳雷子”是北方方言，意思骆南明白，不过在骆南老家叫“耳光子”。

骆南盯着罗北看，他那种不依不饶的样子实在可恨，骆南声音有些瘫软，嗫嚅着："那，你下手轻些。"

罗北轻轻地扇了骆南一个耳光子。

游戏继续。

两人你来我往，两瓶酒喝了下去。这一过程，罗北并没有占上风，酒基本都让他喝了；而骆南更没占便宜，双颊涨热，牵着耳根子痛。

本来，酒没有了，游戏就该结束了，不想，这个时候，骆南不同意了，他说："你打了我七八个耳光子，我不甘心，咱们继续，我不信我扇不了你。"

罗北说："不好意思，游戏结束了。"

"不行！"骆南拉住了罗北："游戏是我们俩之间的事儿，你单方面说结束就结束了？要结束也得双方同意。"

罗北醉眼蒙眬地看着骆南，他扑哧一声笑了："不服啊，玩下去你也不行。"

"行不行，那要看结果。"

"我奉劝你，还是算了吧。"

"你不敢较量了？胆怯了吗？"

"谁不敢谁是孙子……"

于是，两个人钉锤子的游戏继续下去。

新学期开学，罗北和骆南分头找辅导员调整寝室，他们都没说出充分的理由，反正两人死活都不肯住一个房间，见了面，两人也不说话，形同陌路。

罗北和骆南关系淡漠也就罢了，后来大家从他俩相互抵触和鄙视的言谈中，感觉到他们之间真有严重的问题，但没人知道他们之间仇恨的种子是什么时候、什么方式播种的。

歌　唱

老宋是下雨那天傍晚来找老元的，进门之后就坐在扶手掉漆的沙发椅上，老元坐在他对面的轮椅里。

老宋说，你来三个多月了，下午我才知道你也是日报社的。老元认真地瞅了瞅老宋，点头的同时用征询的口气问："您也是报社的？"老宋说："我在报社工作了38年，8年前退休……您哪年进的报社？"老元说："我在报社工作了40年，7年前退休。"老宋说："奇怪了，咱俩在一个大楼里工作那么多年，怎么不认识呢？"老元说："我做了20年编校，又做了20年一读，我上班你们下班，我下班你们上班，许是没交流过吧。外人不知道一读是份职业。""一读"是报纸印刷出来之后的第一个审读员，老宋是老报人，他当然知道。

老宋孩子般地鼓了鼓掌，他说："太好了，这回找到老同志了。"老元点了点头，说："嗯，以后常来串门。"

老宋说："重阳节歌咏比赛你找对子了吗？院里让大家自

由组合，老马、老牛都找过我，本来要跟他们一组，后来听说您是报社的。”老元瞅了瞅老宋，低声说：“我唱不好。”老宋说：“你知道吗？我最想唱咱报社的社歌，他们都不会唱。”老元想了想，问：“哪个社歌？”老宋的眼神活跃起来，随着拍手的节奏唱道：“鲜红的朝阳升起在东方，工厂田野出现青春的身影……”老元沉吟一下，慢慢地说：“好像有这个歌，不过太老了。”老宋兴奋地拍打老元肩膀说：“我就说嘛，只要是报社的老人都会社歌。”老元摇了摇头。

离重阳节歌赛不到一个星期，老宋每天都来找老元练歌。老元的记忆力严重衰退，总是把两段歌词混淆，有的时候甚至把上句串到下句，后句串到前句。老宋很有耐心，老元唱错了他也不责怪老元，只是发挥表率作用，带着老元唱。老元喝了一口水，有些愧疚地对老宋说：“真羡慕您呀，记忆力这么好。”老宋说：“其实我的记忆力也退化了，所以记得牢是因为……”老宋神秘地笑笑说：“因为这个歌是我写的。”老元又端起杯喝水，杯沿儿碰到干瘪的嘴唇，停了下来。老元说：“不对吧，我记得社歌是集体创作的。”老宋有些羞涩地用手掌抚摸脸颊，说：“名义上是集体创作，实际上我是执笔人。”老元将一直悬空的水杯抬高，在嘴边停留着，停了一会儿，还是把水喝到嘴里。

老宋越说越兴奋，他说就是这首歌让他和阿琴结缘的，那个时候阿琴真是太漂亮了，她就端着水杯站在我对面，我呼吸急促，四肢都涨满了血。说一说老宋又难过了，他说："可惜啊，阿琴走在我前头了，本来说好一起牵手走的，她却先走了，把我一个人扔在这里。"老元直盯盯地看着老宋，他说："你老婆也叫琴？"老宋说："叫刘素琴，您见过她吧？笑起来两个眼睛弯弯的。"老元用力想着，想的时候神情严肃。

重阳节那天早晨，老元早早就开始打扮自己，他穿上西装，还对着镜子打了领带。老元拿过歌词单子又熟悉了一遍，那个单子是老宋写的，一笔一画，工整的小楷。老元把歌词单放在大腿上，想了想复又拿起，他发现自己的名字在上面，自己怎么成了作者？大概是老宋笔误，不，一定是老宋搞错了。

老宋迟迟没来敲门，老元就把房门开了大半。吃过早饭之后，走廊里才传来令他盼望的脚步声。可进来的是院长。院长说："元老师，您是不是等宋老师呢？宋老师昨天夜里进医院了。"老元说："今天我们合唱……老宋进医院了？严重吗？"院长点了点头。老元问："哪个医院？我得去看他。"院长说："现在去也看不了，在重症室，过两天如果可以探视了，我会安排的。"见老元发呆，院长柔和地说："宋老师叮嘱过我，歌咏比赛让您好好发挥，您一定行，因为这首歌是你年轻的时候写的。"老元愣住了，说："怎么可能呢？老宋是鼓励我才这样说的吧？"

老元被推出电梯，他还四下张望着，养老院的活动室里布置得花花绿绿，很有气氛，养老员们脸上也洋溢着喜悦，三三两两地交谈着。老元期望老宋是假消失，是他设计好的恶作剧，老宋本来就没生病，没去医院重症监护室，说不准什么时候就突然出现了，给他一个大大的惊喜。

上午 9 点，歌赛准时举行，最先上场的是“向阳花”组合，接着是“长江黄河”代表队，台上合唱的时候，老元的脑海里突然出现了春天的绿色、自行车的铃声、奔跑的青春脚踝、一双弯弯的笑眼、那个叫琴的女孩……老元眼前的歌词单字迹模糊起来。

院长在台上介绍：“下一位参赛选手是 205 室的元老师，让我们用热烈的掌声欢迎元老师上台演唱。”老元被护理员推到台上。老元向台下环视两遍，清了一下嗓子，大声说：“我补充一下，这个节目是合唱，是日报社代表队演唱，我们唱的是《报社之歌》！”大厅里瞬间安静下来。

老元开始唱了，他唱得十分投入，几乎忘我，满眼含泪。

跨过梅之年

蓝色向日葵：梦洁，我们现在要下飞机了，说是航班取消，你不用等了。

哭泣海绵：什么鬼？我在接机厅白白等了一个小时！

蓝色向日葵：本来说延误到晚上9点，害得我们在飞机上干坐了两个小时。刚刚又通知航班取消。真是够了！

哭泣海绵：不是说雷暴天气影响吗？雷暴天气也不会没完没了啊。

蓝色向日葵：鬼知道什么原因，现在也没解释。好了不跟你说了，正下飞机。等一会到了宾馆，按你说的，我跟你视频聊天。

蓝色向日葵：在吗？

蓝色向日葵：还没到家吧？

哭泣海绵：在，滴滴快车上。你到酒店了？

蓝色向日葵：入住了。我向航空公司提出要一个单间，差价我自己出。没想到酒店给我安排一个靠近二楼平台的地方，那个地方一定靠近中央空调主机，嗡嗡嗡，一直响。

哭泣海绵：没找他们调一个房间吗？

蓝色向日葵：找过了，他们说最后一个房间了，太晚了，算了。

哭泣海绵：好吧，我很快就到家了，到家后我们聊天。反正我也睡不了啦，在机场等你时喝了两杯咖啡。

蓝色向日葵：好，我先洗澡。

……

蓝色向日葵：这回好了，能看见我吗？

哭泣海绵：看见了。

蓝色向日葵：刚才我打开语音聊天，总是显示“正在等待对方接受邀请”。

哭泣海绵：我在厨房里烧水……我过来接时你已经放弃了。

蓝色向日葵：梦洁呀，你好像又瘦了。

哭泣海绵：别胡乱恭维好不好，我最近长胖了 3 斤。

蓝色向日葵：是吗？看不出来，你还是那么漂亮。

哭泣海绵：别逗了，你是希望我夸夸你吧？咱三个闺蜜中，我是最丑的。

蓝色向日葵：最丑的都有了老公和孩子，漂亮的都剩下了。你这样说不是羞臊我吗？

哭泣海绵：本来嘛，你有你的追求，你看你现在多好，人见人爱的白骨精（白领、骨干、精英），自由快乐，别的不说，现在咱俩出门，小孩儿肯定管你叫姐姐管我叫阿姨，咱俩的距离拉得越来越大了。

蓝色向日葵：我的痛苦、孤独、无助你是体会不到的，不说这些了。爱军和孩子呢？

哭泣海绵：听说你要来，我把他们打发到婆家了，现在我又感受到单身的快乐了。

蓝色向日葵：梦洁你还记得夏天那个夜晚吗？你、陆婷，我们躺床上讨论梅之年。

哭泣海绵：记得，研二暑假前，之后陆婷还讲了鬼故事。

蓝色向日葵：日子是不经混的，想起那个夜晚感觉跟昨天一样，悲催的是，我和陆婷完美地跨过了梅之年。

哭泣海绵：不不，其实我也跨过了梅之年，梅之年说的花信年华不是24岁吗？我28岁才结婚。

蓝色向日葵：你不是。跨过了梅之年的女人就降价了，像过季的衣服，最后怎么降价都难遇到真想拥有你的人，碰到的都是询价的，还有就是没底线砍价的……这才悲凉。

哭泣海绵：你没结婚就不算跨过梅之年，你跟我不一样，我才吃亏呢，一旦成了老婆、成了孩儿她娘，人家就不重视你了，你每天都要面对吃喝拉撒，囚禁在打理家务和照顾孩子上面，几年熬下来人老珠黄，更没前途。

蓝色向日葵：唉，爱情和婚姻真是搞不清楚，有了，困惑；没有，苦恼，没人能实现等价交换的。陆婷曾经说过，要爱就爱上爱情。

哭泣海绵：说起陆婷我还有一段恐怖的经历，陆婷去世我并不知道，我还加过她的微信，我和那个也叫陆婷的人断断续续说了一个多月的话，实际上，陆婷早就去世了。

蓝色向日葵：所以你要跟我视频？怕我是假的？有一件事我一直瞒着你，陆婷病危时我在她身边，所以没告诉你，那时你快生产了，怕你孕产期受影响。

哭泣海绵：我理解。人生真是无常啊！陆婷胆小谨慎，过斑马线都小心翼翼，可她永远都不会想到自己却殒命于小得不能再小的危害，我听说蜱虫叮咬死亡概率万分之一。

蓝色向日葵：是。可那背后的原因你就不清楚了，其实陆婷去山区做志愿者是因为失恋，她有跟你讲过吗？

哭泣海绵：说过两次，没细讲。

蓝色向日葵：如果不是那种心境，她也不会去森林，当然，森林里生活的人多了，都没事儿。我听说伏天第一场雨之前的蜱虫毒性大，落到地上的毒性就小了，树上的毒最大，当人和动物从树下经过，受过孕的蜱虫就本能地落下来。

哭泣海绵：可那么巧就落到人身上？落上了，也不一定就能叮咬上啊。

蓝色向日葵：陆婷太大意了，发热时按感冒治疗，后来什么都晚了。

哭泣海绵：真令人痛惜。

蓝色向日葵：最后时刻，陆婷一会儿明白一会儿糊涂，她让我转告你，珍惜生命，在烦琐乏味的生活中知道珍惜，学会爱。拖了这么久才转述给你，抱歉啊！

哭泣海绵：别这样说，我们可是闺蜜啊。

蓝色向日葵：梦洁，本来我是要去见你的，这样看来，我们视频聊天也算见了……也许，也许我不必飞过去了。

哭泣海绵：怎么啦依琴？我也没问你来大连有没有公干，你仅仅是为了见我专程来的吗？

哭泣海绵：是啊，我想跟你告别。

蓝色向日葵：你要去哪儿？出国定居吗？

哭泣海绵：去另一个世界。

蓝色向日葵：依琴，依琴，依琴……

哭泣海绵：对不起梦洁，我无法和你视频了，我怕控制不了自己的心情，还是语音聊几句吧。梦洁，要在繁琐乏味的生活中寻找快乐，在痛苦失望体味甘甜，学会珍惜和爱。

蓝色向日葵：依琴，依琴！千万不要……

“请问是航空公司吗？什么？飞机正点进港？”

| 蓝鸽儿和紫荆 |

蓝鸽儿这几天常跑图书馆，他知道紫荆的姥姥心脏不好，他还知道，紫荆的姥姥相信中医，因为她已经用了很多西医的方法，结果，只是维持而不能“去根儿”。紫荆对蓝鸽儿说：“都说中医可以去根儿，我姥姥特相信！”蓝鸽儿并没有多少中医经验，不过，他十分上心。

蓝鸽儿当然不会想到，在去图书馆的路上会发生车祸。

蓝鸽儿和紫荆是网上情人，他们从去年春天相识，在网上谈情说爱已经一年多了。

在蓝鸽儿眼里，紫荆是 27 岁的少妇，丧偶。单身。师范大学毕业，现在一所职工大学当老师。紫荆身高 161 厘米，A 型血，处女座，喜欢古典文学和音乐。紫荆很浪漫，有时情绪化，多少有点保守，常用传统观点看问题。在紫荆眼里，蓝鸽儿是 29 岁的单身男人，离异。理工大学毕业，在一家大型企业任工程师。蓝鸽儿身高 178 厘米，B 型血，喜欢运动，几乎所有与球有关的项目他都喜欢，除了球之外，他还喜欢钓鱼。

一年来，蓝鸽儿和紫荆虽然还坚守着不见面的约定和不介入现实生活等一些游戏规则，可他们真的谁也离不开谁了，每天晚上 7 点到 10 点，他们一定要在网上见面。讨论时事、诉说思念、倾诉关怀。你一句我一句，配合得十分默契，从“拥抱”开始，到“相拥而眠”，一切现实里的活动都在语言里完成了。

在这濡湿而拥挤的城市里，星期一的早晨有很多车祸发生。图书馆立交桥下车祸发生时，伤者的手里还拿着抄写药方的稿纸。伤者叫刘恩铭，造船厂退休副总工程师，今年 69 岁。子女赶到医院时，刘恩铭的大腿被打上了石膏。儿子问他想要点什么，他说：“把家里的电脑给我拿来。”儿子知道在医院不能上网，不过，他还是跟护士长提出这个要求：“老人退休以后很郁闷，为了调节他的情绪，我就给他安装了一些电脑游戏，开始，他打了一阵子游戏，后来自己就开始上网，从去年春天开始，他的精神状态越来越好，过去严重的高血压、糖尿病稳定了，说了你也许不信，他白发根有变黑的迹象……以前，还没到星期天，他就分别给我们打电话，现在，我们去他那儿，到了晚上 6 点，就赶我们走。”无论儿子怎么说，护士长都直摇头，说医院的规矩不能破，再说，医院也没有无线网络。

没办法，儿子只好去做刘恩铭的工作。从那天开始，刘恩铭就沉默起来，整天一句话也不说，眼睛里漫漶着无边无际的岁月。

星期一的晚上，紫荆早早地打开了电脑，她事先还编了一个有趣的故事，想等蓝鸽儿来的时候贴上去。7 点到了，蓝鸽儿没来，一直等到 10 点，蓝鸽儿还是没来。那一夜，紫荆失眠了。紫荆在给蓝鸽儿留言："你怎么啦？有事情吗？你应该告诉我一声呀。我等你等得好苦！"

第二天，蓝鸽儿还没有出现。第三天，紫荆写道："哥哥，你到底怎么啦？我开始为你担心了。你不会有事吧？我每时每刻都在盼着你、等你！"

第四天、第五天……一个月过去了，蓝鸽儿还没有出现。紫荆每天都在电脑旁等待着，每天都给蓝鸽儿留言。第三十天的时候，紫荆说："你答应我永远不消失的。你快出现吧，我已经坚持不住了。"

那天晚上，财贸学院家属楼来了一辆救护车，医生匆忙上楼，把心脏病急性发作的退休教师姜敏送到市中心医院。姜老师的女儿在英国工作，她赶回来的时候，姜敏已经上了呼吸机，一直处于抢救状态。邻居对姜敏的女儿说："奇怪了，一年来，姜老师一天比一天精神，脸上的皱纹也少了，只是没想到心脏病发作了。"

刘恩铭在医院里熬了一个月，回家第一件事就让儿子把电脑架在床前，然后，把自己关在房间里上网。刘恩铭一条一条地翻着紫荆的留言，泪水逐渐溢满眼眶。最后一篇留言这样写道：“蓝鸽儿，请允许我再叫你一声哥哥。其实，我知道这一天迟早要来的。尽管我可以找许多理由阻止它，可它总是要来的。也许你已经感觉到了，是的，我的确不是27岁的少妇，而是67岁的老妪，年龄是虚假的，但请你相信，我的情感是真实的。紫荆也是真实的，不过，她是年轻时候的我，我尝试着重新回到青春岁月，我几乎要成功了……我们在一起的日子里，我已经忘记了年龄，仿佛回到了青春岁月，那种幸福感无以言表。可惜，人不能绝对地生活在精神世界里，我知道，你一定看穿了我，所以才不理我，才消失得这么彻底。我不怨你，真正需要原谅的是我。我对你永远都是感激的，谢谢你，你使我的生命有了色彩、有了意义。”

刘恩铭伴着泪水给紫荆写了一封信，他在信里告诉紫荆，他也不是29岁，而是69岁的老翁。同紫荆一样，蓝鸽儿也是年轻的自己，而且，感情也是真实的……刘恩铭是那么盼望晚上7点的来临，他想告诉紫荆他出车祸的经历以及这段时间对她的思念。

7点到了，紫荆没来。一直到10点，紫荆也没出现。

从那天开始，蓝鸽儿天天给紫荆写信，天天等紫荆出现，紫荆却再也没出现。蓝鸽儿如大漠中的一只孤雁，凄厉地呼唤着。

刘恩铭从医院回家两周后，他的血压升高，到第十八天的时候，突然晕倒，再次送到医院，医生的诊断是脑干出血。

刘恩铭被送到医院的太平间。

太平间里，姜敏正安详地躺在那里。姜敏是下午3点因心肌梗死去世的。日光灯下，空落落的太平间就他们两人，他们两人都沉落在寂静之中。

如果他们都活着，他们会相认吗？

516 公交车

我第一次来月经的时候听到了 516 路公交车的事，那个时候 516 路还没改线路，走老城区，路过毛纺厂和铁路司机学校，事故大概发生在黄昏时分，当时的公交车还是柴油机的，跑起来突突突的。公交车到了毛纺厂铁道专用线交道口的时候，不知道什么原因熄火了，正巧这个时候，几节运载物资的火车气喘吁吁地丌了过来，咣当一声，公交车被拦腰撞击，像崩裂开的香肠一样。事后有人说车上 28 人，死了 25 人，也有人说车上 24 死了24人,比较一致的说法是8名业余文艺宣传队的骨干全部遇难，其中 5 个女孩都刚刚初潮，豆蔻年华。

我介绍一下自己，我叫静怡。

现在，我女儿也到了遇见“大姨妈”的年龄了，一天她跟我说广播电台午夜节目播鬼故事，说的就是咱家门口的事儿，说当年 516 路公交车在毛纺厂的交道口出了大事故，一车人全部丧生，后来毛纺厂停产了，那个交道口也废弃了，那个地方成了堆积废旧物质的场地，但是有很多目击者称，他们在阴雨天的傍晚，看到已经淘汰了的老式公交车出现在那里，随着一声霹雳震响之后，就是鬼哭狼嚎的奇奇怪怪的声音，后来听说有人去那个地方祭奠过，也请横山寺大和尚做过法事。

不信你到网上查一查，是个很有名的鬼故事，我说的是真的。

我对静雅说："既是故事就不要较真了，那些东西听多了不好，时间长了你一个人都不敢在房子里住了。"

女儿说："我不信鬼不信神，只当着消遣娱乐了。"

我端起水杯喝了一口，然后把下午剂量的橘红色、蓝色药粒儿吃了，"这样就好，这样就好！我所以碎碎叨叨还不都是为了你"。

静雅礼貌性地对我笑一下，露出一对深酒窝儿，那个酒窝儿跟我的酒窝儿十分相像。

说起来，我也不相信什么鬼故事，不过坐516路公交车的时候不免还是有些联想，那些奇奇怪怪的想法像阳光下跟随你的影子，不注意也就罢了，一旦注意了你会发现影子很麻烦，甩也甩不掉。

星期四起床，我觉得小时候摔伤过的腿有些酸痛，本来不想出门，想到有线电视已经停了，不去缴费，房间里就没有了声音和影像，还有水费、电费和煤气费也该交了，辛苦就辛苦点吧。就这样，我拿了一把紫花折叠伞出门，坐上了516路公交车。

还好，公交车里人不算多，没有平时那么拥挤，我居然得到一个座位，那个座位在前部第二排，车窗玻璃雾蒙蒙的，看不清外面的景色，只挂着游动着小蝌蚪般的水珠儿。

车体摇晃着、颠簸着，我也不知不觉垂下头来昏昏欲睡，随着一个突然的晃动，我睁开眼睛，现在，车速很慢，车身发出呼呼隆隆的声音，像人的气管里有痰残留一样。

我觉得好奇怪呀，车厢里怎么会变了模样呢？窄小了、方正了、朴素了、陈旧了。立柱不是发亮的白钢而是剥落油漆的白色，椅子也变了，不是硬塑的，坐垫儿竟然是木条儿的。

一个梳“五号头”的售票员走到我身边，“同志，你还没买票。”我目瞪口呆，车上都是自动售票机，上车时我已经刷了公交卡，什么时候蹦出来个售票员呢？

“我已经买过了。”

“买过了？拿出你的票给我看看，我现在验票。”我拿出公交卡，我说我上车的时候已经打过卡了。

售票员笑了起来，和车里的人交换着眼神儿，我听到车里人在哄笑、在议论。

我回身巡视一下车里的乘客，觉得更加奇怪了，车里大多是年轻人，而我记得上车时见过的，大多是享受免票的老年人，虽然没有刻意去观察和强记，但我的记忆应该不会出大格儿，怎么一下子都换成年轻人呢？更奇怪的是人们的穿着打扮，仿佛回到了过去那个年代，蓝色的布裤子、绿色的确良上衣，还有白色衬衫，那些衣服洗得发白起毛，有的领口和胳膊肘还打了补丁——我这是在梦里吗？我使劲掐掐自己的胳膊，很疼！我没在梦境里，那我在哪儿呢？我在516公交车上，没错，我的确在公交车上。

售票员突然不笑了，她会不会认为我精神有问题？从她严肃的表情我可以看得出来。

“逃票你已经犯错了，再抵赖、狡辩属于错上加错！”售票员大声说。

我觉得自己被无端指责和冤枉，心里愤愤不平，我理直气壮地和售票员争论起来，本来我没错我有理，可令我困惑和不解的是，不知道为什么车上人都站在了售票员一边，还讲不讲公理呀？我更加生气，与他们的争吵愈加激烈。

越来越多的乘客加入进来，纷纷劝导我、教训我、谴责我，上升到了思想意识、政治品质、个人素养等高度，甚至对我进行谩骂、吐口水，开始人身攻击。

我满头大汗浑身发软从座位上滑落下去，蹲在座位窄小的空挡里，我双手抱头，高声地、歇斯底里地尖叫起来。

据公交公司退休老职工回忆，1976年，516路公交车的确发生过特大事故，当时很多人都为一对漂亮的双胞胎女孩惋惜，姐姐叫静怡，妹妹叫静雅，她们笑起来脸上有一对好看的酒窝儿。

天鸡壶

前天晚上，我刚钻进被窝，就被门铃声催促起来。透过对讲门铃，我问：“谁呀？”“我。”我又问了一遍，楼下说：“是我。”

春天乍暖还寒，房间里比室外阴冷。我披了件冬天穿的大衣，吸溜着鼻子对他说：“我不太舒服，要喝茶你自己烧水吧。”他去烧水沏茶，随手还帮我归拢了——大概看不下去眼的杂物。

“这么晚了来，有重要的事吧？”我问。他说：“倒也算不上重要，拍卖行的找我……我说等等。”拍卖行的为什么找你？他说：“可能知道咱俩的关系吧。”见我不说话，他接着说：“拍卖行一个自称元董的人找我……”“不是宋董吗？怎么又来了个元董？”我插话。他说：“我不知道，反正找我的人说他姓元，名片上也是这样印的。”我说：“这些人也真是的，我明确表态了，他们怎么还黏黏糊糊的呢？”

“现在宝贝在你手里”，他语气坚定地说。我说：“对。”

他说："陈鸣远是继时大彬之后的一代名师，传世的老物件不多，康熙年间，京城就有'海外竞求鸣远碟'的说法儿。"我说："这个我知道，他除了技艺精湛，还有晋唐之风，都是你跟我交代的。"他说："尤其这把天鸡壶，可谓世间绝品，其实，早在魏晋就有鸡首壶，到了陈鸣远手里，推陈出新了。"我说："我知道宝贝重要，咳……"他说："你不要紧吧？"我说："没事，我没打算拍卖。"他说："你这样说我就宽心了。"说着，他走过来，给我披上滑下去的大衣。

昨天早晨醒来，阳光白晃晃的直刺眼睛。我呆坐在床上，反反复复想他说的那些话。

事实上，早在我出生之前，很多人就知道我家有祖传宝贝，我爷爷是老中医，到了父亲这一辈儿没传下来，据说父亲小时候很叛逆，他要成为新社会的劳动者，一直到了 32 岁才学了一门手艺，做豆腐。好在爷爷留下一件传家宝让他心里有了底气，一辈子也算平平安安。他和母亲都是八十高寿逝世。后来，传家宝传到我的手里。

父亲去世前跟我多次讲传家宝多么重要，告诉我"穷死也不能卖"，一定要传给下一代。其实我对这个传家宝还是怀疑的，尽管我从没说过，内心的疑问随着父母的离世成了无解之谜。

我的怀疑只是零散的片段，麻烦在于他们之间构成不了完整的逻辑链条，就像一丝一缕的碎布，缝起来也不是件完整的衣服。比如我 9 岁那年，后院的豆腐坊失火，当时父亲不在家，他拉车去城里送豆腐。母亲怕火灾连祸到老屋，带着我慌慌张张地从屋里往外搬东西，第一批搬的是一个包袱、一个灰蓝色布巾包裹的盒子，我则拖拉着家里仅有的半袋玉米面。不想忙中出错，母亲在院子里脚下趔了一下，斜身摔倒在地。我听到器皿摔碎的声音，母亲也一定听到了，她坐在地上，脸色苍白，两眼发直，始终没打开包裹。过了好一会儿，母亲扶着腰对我说："没事儿，东西没摔坏，人也没摔坏。"在邻居的帮助下，豆腐坊的明火很快被扑灭了，火焰并没有蔓延开来。父亲是天色将晚时回家，我看见母亲鬼鬼祟祟的样子，一只手拿着铁锹，一只手拎着灰蓝色的布包，她去了后院的河套。我发现，那个布包已不再是方形，没错，我的印象十分深刻。12 岁那年，父亲连续几周都带我去逛旧货市场，他面孔阴沉，间或唉声叹气，有一次终于发现地摊上一把可心的紫砂壶，他和买主讨价还价好几个礼拜（一周一次），最后那次我没跟他去。我只知道，从那以后父亲再也没去旧物市场，紧锁的眉头也舒展了。我到城里上重点高中那年春天，小镇遭遇到据说是百年不遇的水灾，我家离河套近，房子被大水拦腰泡上了。我傍晚才赶回小镇，在临时救助帐篷里，第一眼就看到一脸污垢的母亲，她坐在叠起的被褥上，怀里抱着灰蓝色布巾包裹，那个包裹棱角分明。夜半时分，半梦半醒之间我听到母亲轻声抽泣，母亲断断续续地说："现在什么都没了，以后的日子可怎么过呀？"父亲吧嗒吧嗒抽烟，没说话。母亲说："他爸，不行咱把家里这个老物件卖了吧！"父亲说话了："现在不是还没饿着吗？”母亲说：“可是，水退了之后，咱不盖房子吗？”父亲说：“这个不用商量了，只要饿不死就不能卖祖传的宝贝，就是饿死了，也不应该卖祖传的宝贝。”

父亲去世后，我查了资料。谁说祖传的就一定是真的？民国时有人专门制作仿品。这样说来，排除掉父亲和母亲分别偷梁换柱的可能，也不排除爷爷收藏的东西原本就是赝品。

可是，如果那把天鸡壶是假的，父亲和母亲为什么都坚信是祖传的宝贝呢？是时间久了他们自己都信了？还是在艰辛的生活中寻求支撑的心理安慰？想到这儿，我似乎理解到什么，只是没多久，自己又不肯定了。

今天阴了一天，小雨断断续续。我中午就上床，闭上眼睛，我希望他能再次来跟我絮叨。上次所以心里没难过，是因为处于他还活着的情景中，当我从梦中回到现实才意识到，自己应该对父亲说，我心里真的想念他。并且，我还要清清楚楚地告诉他：“放心吧，祖传的宝贝，穷死也不卖”——可惜，他没再出现。

突然，门铃响了，我连忙跳到地上，透过对讲门铃，我问：“是你吗？”“是我呀。”楼下说。声音不对呀：“是老爸吗？”我追问一句。“我是老宋，拍卖公司的老宋啊。”我连忙把对讲电话挂上了。门铃声持续响着。我没好气地问：“您找谁？”楼下说：“我找光耀先生。”

我说：“他不在。”

楼下问：“那您是谁？”

做一道春秋大餐

师兄：知道我为什么给您写这个邮件吗？为什么不用电话、不用 QQ、不用微信，尤其是不面谈呢？您大概猜测到我不高兴了，为什么不高兴？下面是我列出的一些问题，都是围绕您所谓的“先秦大餐”的——我不明白，您为什么把这个聚餐叫作“先秦大餐”呢？

最初您跟我说要做一道先秦大餐，您为什么没有把全盘计划和真实想法告诉我呢？

您对聚餐做过精心的设计吗？为什么邀请人中有我？而且我是唯一的一位女士？

您请岩下惠和朴宪正我可以理解，但请彼得诺维奇参加的用意何在呢？

——我这样追问，您可能会用“就是一次普通的聚会罢了”来搪塞，但那绝对不是您内心的真实想法，对不对？

开席时间是 7 点 58 分，一个留学生同学聚餐，用得着选黄道吉时吗？

开场时您的祝词很正式也有些冠冕堂皇，通过尝试做先秦食物来寻根，传播传统文化可以理解，但说它代表了中国传统饮食文化是不是有些以偏概全？

还有，您说“你和我”，其实我什么都没做，我不是不能做，事先，您没有告诉我您的意图和设计，我不明确自己要做什么。既然我什么都没做，您为什么要捆绑上我呢？

所以，说您做的几个菜代表不了先秦大餐并没有委屈您，您不承认吗？

您一共做了4道菜：生鱼片，烤肉串，腊肉炒西红柿，腌制醋萝卜。您说这是先秦的“脍”“炙”“腊”“齑”，但这些只是先秦饮食的一部分，不是吗？

下面我们来具体分析一下：

首先是“脍”，生鱼片您用的食材是三文鱼和金枪鱼，先秦有这样的鱼吗？还有，生吃鱼，古人叫“鲐”而不叫“脍”，当年，周宣王用鲤鱼鲐宴迎吉備北征得胜归来。生吃牛、羊、鹿、麋肉才叫“脍”，以您的知识和学识，是不是不该犯这么低级的错误？

还有“腊”，您的腊肉西红柿。西红柿明代时才传入中国，一直作为观赏性植物，到了清末，我国才有人吃西红柿。这个您不知道吗？

“齑”应该是“菹”，就算它们是一类，“齑”也是捣碎了腌菜，您的腌萝卜也有问题，萝卜是宋之后的食物吧？

您是看不惯韩国和日本一些民粹的自大言行，想告诉朴宪正和岩下惠，韩国的烧烤、辣白菜，日本的生鱼片，都源自中国，对不对？

其实我猜出了您的用意，也理解和支持您的想法，但是这里有两个问题：一是表达要精确（我上面已经指出问题了）；二是问题要研究透彻，我不知道您对同一时期韩国日本的饮食做过比较研究没有？

比以上两点更关键的是：您做的菜为什么突然不好吃了？

也许从几个食客的角度，他们仅仅来享受美食，对其他的并不关心，您是不是枉费了心机？

当然，在享受美食的过程中了解到美食文化是好事，但食物不美，美食文化从何谈起呢？

所以，我认为您这次的“先秦大餐”效果并不理想，这样去传播传统文化是不是适得其反呢？

师妹：本来不想给你回邮件的，一直到晚上10点我还在不停地告诫自己忍住，可打开电脑就觉得情绪难平，写了这个回复，这次是不是您真的惹怒了我？

的确，“先秦大餐”是我有意设计的，含义您也明白了，岩下惠、朴宪正以及彼得诺维奇他们都是自我感觉很好的人，我就是要给他们上一堂生动的教育课。是的，我有强烈的民族文化意识，这有错吗？

说到食材，这个您完全不必去挑剔，我们身处异国他乡，能买到这些东西已经很不容易了。另外，我不是专业厨师，口味也不必吹毛求疵吧，我追求的是口感之外的社会意义，您真的不明白？

你说古人吃生鱼叫“鲐”而不叫“脍”，这个不对，《礼记》记载“脍，春用葱，秋用芥”，还有，孔子说的“脍不厌细”并不单单指牛羊肉吧，也包括鱼肉，您是不是也犯了以偏概全的错误？

关于烤肉，《仪礼·公食大夫礼》记载，下大夫烤牛、羊、猪肉，上大夫还要加上各种鸟，《诗·小雅·瓠叶》有云：“有兔斯首，炮之燔之”，我告诉岩下惠和朴宪正我们是烤肉的祖先有错吗？

还有，您说萝卜是宋之后的食物，这个完全不正确，东汉大饥荒，桓帝曾劝民众种芜菁为食，芜菁，乃萝卜也，以您的古文化底蕴做出这样的误判，是不是很奇怪？

总之，您对我“先秦大餐”实际效果的怀疑（指责？）我觉得没有什么道理，请您仔细想想，我诚恳邀您参加聚会，您不致谢也就罢了，还劈头盖脸修正我一番，有必要这样吗？

顺便告诉您，咱儿子今天上午跟我视频了，他也提到“先秦大餐”的事儿，我知道您跟他说了这件事儿，您这样做，觉得有意思吗？

二舅的儿子

二舅是我家亲戚中的怪人。

二舅琴棋书画样样精通，才华横溢，生活中却笨手笨脚，炒菜不是咸了就是淡了，煮个粥也能煳锅底。传说二舅年轻时英俊潇洒，现实中的他却普普通通，甚至有些邋遢。我见到二舅时他已经老了，灰白的头发，干裂的嘴唇，时常带着眼屎。

二舅一生未娶，大概是习惯了独居生活，亲友家庭聚会也难得见到他的身影。也许我与二舅有缘，毕业后我留在了都市，暂且寄居在姥姥留下的老房子里。这样，我就经常与住在后院的二舅打交道了。

一开始，二舅对我并不友善，不友善也不是反感，他只是漠视，说漠视也不够准确，用“忘记”也许更好一些。我与二舅见面打招呼，他神情淡然地看着我，最多也就点点头。那年冬天，二舅滑倒摔坏了股骨头，我先是背他回屋，后来又送他去医院，那之后我们的关系发生了改变。二舅出院后经常叫我陪他喝酒，他酒量不大，但酒瘾很大。

我陪二舅“喝两口”的时候，他会讲一些陈年旧事，比如早年在故宫里整理文物，他教过谁谁鉴定文物，谁谁还拜他为师。他说的那个谁可是了不起的大名人，频繁出现在电视台鉴宝节目里，风风光光地“大师”了很多年，而二舅却默默无闻。我当然不能驳他的面子，说他吹牛。二舅很聪明，他从我的眼神里承接了问题，主动回答说：“你认为二舅在吹牛吗？二舅没吹牛，二舅说的都是实话，有据为证。”说着，他从覆满灰尘的书堆里寻找一封信，二舅说那封信是“大师”写给二舅的，里面涉及请教和致谢的内容。可惜，找了半天也没找到。对此事，我半信半疑。

一次酒后，二舅说了一件更超乎我想象的事情，他说他有儿子，并且，有 3 个儿子。除此，二舅还说孩子的母亲是唐代某某公主，绝对的大美女。我立时目瞪口呆。二舅说：“你认为二舅在吹牛吗？二舅没吹牛，二舅说的都是实话，有据为证。”

等了好一会儿，我问：“凭据呢？”

二舅说：“在博物院呢。”

二舅是这样对我解释的，他说他年轻时在故宫里修复珍藏的字画，吃住都在那个泛着霉味的大房子里，有时忙起来昏天黑地，不知道白天何时遁去，也不知道黑夜何时降临。有一天，画里那个某某公主突然出现在他面前，对他嗤嗤地笑，他不知道自己是醒来了还是在梦中，反正情不自禁，频繁地和公主会面，并定期偷偷幽会。吟诗作画、琴瑟和鸣；月下对饮，红烛帷幔。他们整整幽会了10年。后来，二舅被下放到北大荒，在北大荒一待就是12年。二舅返回京城时已经双鬓满霜，步伐老迈。一次参加故宫文物鉴定，二舅见到了那幅唐末仕女图，他惊讶得张大了嘴巴，以为那幅画被人“偷梁换柱”了，因为那幅画中的某某公主束发改变了，原来是未婚的“双垂环髻”，现在是已婚的“云朵髻”。关键是公主的膝下还有3个玩得正欢的孩子，都是男孩儿的装束。二舅对那幅画做了全面鉴定，可以肯定画是真的，可画里的变化怎么解释呢，二舅苦思冥想，联想到当年他与公主的约会，再端详那几个小儿，怎么看都觉得模样像自己……我想二舅一定是醉了，沉浸在他的幻想之中，或许他的幻想早在修复字画时就已经发生了。

二舅是5年前冬至去世的，那件事随着他的离世也淡出了我的记忆。春天时我陪导师到故宫博物院搜集资料，突然想起了二舅，对二舅曾经说过的仕女图也格外留意。看到那幅仕女图时，我顿时目瞪口呆——那幅唐末仕女图中的确有3个小孩儿，公主的装束与二舅曾经描述的一模一样。我的第一反应是，既然叫《仕女图》就不应该有儿童，后来我煞费苦心，几乎查阅了涉及那幅画作的所有资料，没有任何记载证明那幅画里有儿童。

当然，我也这样想象过，画中人物的改变会不会是二舅修复原作时补画上去的？这一点，至今没有任何证据。

救　赎

荧光粼粼的夜里，玛农路过旧物箱时突然被撞到，他吓了一大跳，拉开距离后，发现一个年轻人脸上挂着歉意。“非常不好意思，我叫晓菲，在 47 层工作。”对方说。

玛农和晓菲就这样认识了，晓菲还送给玛农一支手工雪茄，晓菲说，这个味道儿好，可惜容易灭火。

玛农和晓菲都是这座大厦里的程序员，整天跟代码和数字打交道。应该说，大厦里的程序员大多都有自己的愿望，为了实现自己的愿望，他们没日没夜地工作着，将枯燥乏味、机械重复的劳动换成了数字化的 E 币。随着行市水涨船高，实现愿意的堤坝也越垒越高。从晓菲送给玛农雪茄的一瞬间，玛农想，晓菲大概也是个特例吧，他应该是没有愿望的，挣了钱就消费了。

玛农把他的判断讲给晓菲，晓菲笑了，他说：“我给你‘yes!’，我就是挣一个花两个的主儿，不像大楼里那些家伙，都有愿望……您呢？”

玛农说我：“和大楼里的家伙不一样，我没有要实现的愿望。”晓菲咯咯地笑，他说：“那您跟我是同类喽。”玛农说：“我跟您也不一样，我从不花 E 币……我是说，我攒 E 币不是为了买愿望，当然，也不花 E 币。”晓菲将鼻尖下的雪茄烟拿开，他说：“那您真是个特例。”

玛农想了想说：“主要是我不知道用它干什么。”

漫长的冬天来临了，玛农回到大厦时已经冻得瑟瑟发抖，他连忙跑进电梯间，仿佛那里的灯光还散发着温度。

电梯上到 47 层，“叮”一声提示音后，两扇门缓缓对开。玛农伸长脖子向外看了看，没有人叫电梯，不过，玛农听到隐隐约约的哭泣声，他有些好奇地走了出来，电梯门在他身后关闭了。接着，身后传来电梯移动的牵引声。

玛农回头看了看，又向楼道里看了看，本来他想再摁上行键，那个声音又若隐若现、游丝一般钻到玛农的耳朵里。玛农没有拗过自己的好奇心，在昏暗的走廊里寻找起来。到了走廊尽头，玛农发现晓菲坐在窗台上。

“下雪了！”晓菲说。

玛农向窗外望了望，天空中并没有雪花，向下面看看，才看到房顶白色的积雪。

玛农说：“我听到了哭泣声，是您吗？”晓菲说：“让您见笑了，我也不想这样，可还是没忍住。”

于是，晓菲向玛农讲了他哭泣的原因。晓菲说其实他也有愿望，每到下雪的时候他就想起自己的愿望，发誓要拼命地工作，攒够了 E 币去兑换愿望。“我的愿望是进到小璇的梦里，告诉她我真正的死因，她和她那个世界对于我的死亡结论是错误的，我没有自绝于人民。还有，我爱她……可惜，我没有常性，过几天就把自己的誓言忘了，贪吃、贪玩，一年又一年循环往复。”

玛农明白了，他说：“其实你和大厦里的家伙没有什么分别，只是你的定力差了些。”

“可是，我……你有什么办法可以解决吗？”晓菲可怜兮兮地问。

玛农沉吟一下，说：“我也不知道。”

玛农转身走了，他身后传来晓菲嘤嘤的哭泣。

玛农走到走廊拐角处，他转回身来，大声对晓菲说：“我帮你一次……用我 E 币吧，见你的小璇！”

大概是下半夜，玛农觉得桌子边冷飕飕的，他侧头看了看，发现跪在椅子边的晓菲。“这么快就回来了？”玛农问。晓菲没说话，不停地给玛农叩首。

“不用客气。”玛农说，“我和你说过，我不知道怎么花那些 E 币，你实现了愿望就好。”

晓菲咧了咧嘴，小声喃喃：“真对不起，我的愿望没实现”。

“可是，我已经给你足额兑换了。”

“不是您的问题，我已经上路了，可是到了小璇的家里，我被吓回来了。”

“都说人怕鬼，你怎么还怕人？”

晓菲说：“我是个胆小鬼，胆子小是天性，跟是鬼是人没关系。”

玛农重重地叹了口气，他说：“那我就没办法了。”

晓菲说：“这回我下定决心了，我一定好好工作，一个E币也不花，一定攒。”

玛农说：“你不用还我，那些E币是我送给你满足愿意的，不是借的，你攒够了E币，去实现你的愿望吧。”

晓菲说：“谢谢，不过，那可要十年八年的，不知道小璇是不是早就把我忘得干干净净。”

玛农沉默了，最后说一句：“加油吧！”

转眼又一年过去，看到漫天飘飘扬扬的雪花，玛农突然想起了晓菲，想到晓菲，他又刻意阻止自己去想，他觉得晓菲很麻烦，问题是“麻烦”在特定的环境里——在呆板、枯燥的日子里也成为一种意义。

玛农决定去找晓菲，找晓菲的代价不小，可能会让他从此口袋空空如也。

玛农和晓菲攀附在大厦的玻璃壁上，一边是深邃的苍穹，一边是万家灯火，风从身边滑过，发出轻微的啸音。

玛农说：“我找你是想再帮你一次。”晓菲说：“我都不好意思见您了，我做得不好，非常惭愧。”玛农说：“不过这次我不给你买愿意，我准备替你去实现愿望。”

晓菲愣住了，“您替我去实现愿望？”

玛农说：“是啊，我充当信使，我进入你的小璇的梦里，把你要告诉她的那些话原封不动地转告她。”

晓菲说：“这样好，可是，小璇会相信吗？”

玛农说：“你要把只有你们两个人知道的秘密告诉我，这样，她才会相信我。”

晓菲眼睛里隐含着泪水，他说：“也只能这样了，谢谢您！”

玛农用仅有的 E 币兑现了一次愿望，他被推送到穿越阴阳两界的通道，恍惚中进入一个温暖的房间里。此刻，他看到床上安详地躺着一个女人。

玛农刚要唤醒那个女人，他的泪水立即模糊了双眼——他进入了母亲的梦中。

勋　章

早晨的阳光暖暖地融入客厅，光线从赵老的背后照了过去，他的影子映在眼前的电视机上。赵老已经在电视机前坐了两个小时，他眯缝着眼睛，不知道看电视还是在打盹。

秋颖一手端着水杯一手拿着药盒，轻声对赵老说："天晚了，吃过药就休息吧。"

赵老的世界里，有他自己的时间标准和判断。赵老回过头来，认真地瞅了瞅秋颖，像是在思考并努力理解秋颖所说的话。秋颖示意一下手里的水杯，又将维生素E和石杉碱甲递到赵老嘴边，老赵习惯性地吃了药，慢慢起身走向卧室。

来到卧室门口，赵老又返了回来，他拉着秋颖的胳膊，有些神秘地指着书柜上方说："立春呀，我的宝贝就放在那儿，那里有一个假墙，墙里有一个暗室，里面有一个盒子。我不会告诉任何人的，连你也不会告诉。"

秋颖使劲儿点头，她说："我知道、我知道，您不会告诉我的。”

其实这番话，赵老已经跟她说过多次。

“你也早点睡吧立新，时间不早了。”

赵老说的立春和立新都是他女儿，秋颖已经习惯他这样张冠李戴了。

安顿好赵老之后，秋颖还真好奇地望了望书柜上方，她看不出那面墙上有什么痕迹，她不确认那里真的有一个暗室，当然，她也不确信赵老的宝贝，所说的宝贝无外乎一些老物件，眼镜、钢笔、手表……对，还有勋章，他最看重的是勋章。存折什么的应该是没有的，那些东西都保存在他的大女儿赵立新手里。

目光从书柜上下来，秋颖看到了窗台下的鸡蛋和蔬菜，她的心扑通扑通乱跳，那里本来是放多肉植物的地方——静夜雪莲、紫公主、梦露、蓝丝绒。秋颖快步奔向电冰箱，打开门发现她精心饲养的“宝贝”整整齐齐地摆在里面。——赵老是什么时候把冰箱里的东西完整地置换了呢？她怎么一点都没察觉，好在被她及时发现了。

秋颖是赵老的儿子老赵——赵建国请的护理工，她之前，赵家请过多少护工不得而知，秋颖只知道她是坚持时间最久的护工，算起来她在赵家已经 6 个月了。秋颖觉得，赵老儿子和女儿对她都算满意。说是赵建国觉得秋颖有护理专业知识，比如秋颖不说老年痴呆而说阿尔茨海默病，她甚至还跟赵建国讲解“海马”细胞退化以及便秘导致肠内氨水多，加重病情什么的，赵建国对秋颖刮目相看。除了在南方工作难以见面的小女儿赵立春，大女儿赵立新认为秋颖很善良，因为秋颖跟她讲过，一天夜里赵老独自对着树林讲话，呼唤早已过世的老伴的名字，向她解释自己参加大会战不能回家的原因。赵立春问秋颖不害怕吗？秋颖说赵老脑子产生了幻觉，没什么可怕的，这个时候要配合他，绝不能躲避他，更不能指责他，他需要温暖和宽慰。赵立春对秋颖充满了感激。

天色渐暗，已经适应黑白颠倒生活的秋颖起床了，她先到卫生间洗漱一番，随后准备叫醒赵老，刚要推开卧室的房门，发现赵老已经穿戴整齐，独自坐在沙发上。

秋颖以她有限的专业知识开始打理赵老，调整了清淡的饮食，把苯二氮卓的剂量加大一些，陪赵老下楼前，还在他脖子上挂了胸牌，胸牌其实是一个联系卡，上面有联系电话和家庭地址。

平时，赵老都在干休所大院内活动，侍弄后院的菜园子或者清扫内部街道，他是一个忘我的保洁义工，只是经常把刚刚清扫过的地方再反复清扫几遍。下楼之后，赵老戴上手套，拿起笤帚就干起来。秋颖坐在梧桐树下的椅子上，一边看手机，一边监护着赵老……这时，赵老已经消失在秋颖的视线之内，秋颖没太在意，继续摆弄微信，突然，秋颖愣住了，接着站了起来。秋颖四处寻找赵老，仍不见他的身影。秋颖开始在大院内外奔跑，汗水很快湿透了衣服。这回赵老真的不见了，消失得无影无踪。

赵建国、赵立新以及赵老的孙子孙女都过来了，大家一起商量找赵老的办法，近处该找的地方都找遍了，医院、派出所也都问过了，一点儿头绪都没有。后半夜，一家人昏昏欲睡，只有秋颖眼睛锃亮，她最担心赵老横穿马路，夜里的车少，但车速都很快。

第二天早晨才有赵老的消息，一家人立即赶到老区一家私立博物馆。令人难以相信的是，昨天夜里，赵老躲过了值班保安，从三楼阳台爬到了四楼，顺利进入一间小仓库，在仓库门上的暗室里拿到 3 枚老勋章。

很显然，赵老不是到博物馆偷东西的，经过议论和推测，赵立新理出一条线来——那个博物馆是保护建筑，早年东北局的办公楼，赵老年轻时曾在那里办公，他一定想起了自己藏的东西，独自来寻找了。

赵建国对整个推断存有疑惑，父亲的确得过勋章，可那些勋章在后来动荡的日子里丢失了，为了安慰赵老，赵建国在旧货市场高价买过勋章，那些勋章都是真的，他送给赵老时，赵老如获至宝。

看到拿到 3 枚勋章的赵老一脸满足的表情，赵建国和赵立新都目光含泪，兄妹俩对视一下，又快速躲开，接着低声饮泣。

秋颖说：“谁说赵老痴呆了？我看咱谁也赶不上他的记忆力哩！”

鹊起

天气好的时候，老庞总是出现在街心公园，坐在斜角那条磨出本色的木椅上。从青草发芽到落英缤纷，从树叶遍地到雪地暖阳，时间长了，不仅很多人认识老庞，连梧桐树枝上的喜鹊，见到老庞都不停地欢叫。

椅子另一端坐的是苏颖奶奶，她和老庞谁都不瞅谁，眼睛望着前方，仿佛前方有无尽的景色和岁月。他们眼前是一片老街区，是整个城市最早生长的地方，难得地保留了下来。从空中俯瞰，那里成了四面围着高楼的“天井”。老建筑的年龄很大，外墙已经上了包浆，却有着温暖祥和的气场。

“喂喜鹊了吗？”苏颖奶奶问了一句。

老庞好一会儿才说话：“早晨喝的牛奶有点儿凉，烧心。”

“小不点儿去幼儿园了吗？”

“这个月的退休金昨天到账的。”

两人你一句我一句，前言不搭后语。

“生二女儿时你不在身边……”苏颖奶奶说。

“昨天下雨了吗？前天，前天好不好？”

“我说二女儿，你扯什么雨。”

“你老糊涂了？老二不是儿子嘛！”

“你才老糊涂了呢……那时候你一出海就三四个月。”

“我从没出过海……那是支援三线建设。”

“海上三线？”

“说你糊涂了还不服气，海上哪有三线？是西北，大西北。”

“老了老了，怎么还会编了呢？”

“我虽然不算铁骨铮铮，但也是一条硬汉，好几次就要见死神了，咬咬牙，还是回来了。”

“你是条硬汉，家里可苦了我了，一家老小，省吃俭用，那些日子都不知道是怎么挨过来的。”

“你是不容易，付出太多了，你劳苦功高，是这个家的大功臣总行了吧？”

“我可不图你表扬，要说苦累，你也苦累，我记恨你的是，你从不把我放在心上，一两个月也不写个信，好不容易盼到一封信吧，写得跟电报似的，就说生老二的时候吧……”苏颖奶奶开始唠叨了，一旦进入唠叨节奏就不容易停歇，还不免掺杂着抱怨。说到一半儿，一只喜鹊落在苏颖奶奶脚下，她连忙去照顾喜鹊。喜鹊飞走了，苏颖奶奶问：“我刚才说到哪儿了？”

老庞瞅了瞅她，沉着脸说：“说完了。”

夕阳暖融融地照在“口袋公园”的树上、草坪上，椅子和两位老人留下拉长的影子。苏颖奶奶过来搀扶老庞，她贴着老庞的耳边说：“我真是倒了八辈子霉，怎么偏偏嫁了你，受了一辈子罪。”老庞侧过脸偷笑着，如孩子般顽皮地伸了一下舌头。

一连几天，老庞没见到苏颖奶奶，他似乎找不到谁去问问，身边显得空空荡荡。“老家伙，跑哪儿去了呢？”

不知什么时候，苏颖出现了，她有些迟疑地走到老庞身边。苏颖问老庞：“您是庞大爷吧？”

老庞愣愣地看着苏颖，他一时又记不起自己是谁了。

“我是苏颖，我奶奶让我来找您的。”

“你奶奶？”

苏颖似乎明白了，她蹲在老庞跟前，问：“大爷，您是不是总坐拐角这条椅子？”

老庞摇了摇头，又点了点头。

“经常跟您坐在这条椅子上的老太太，是我奶奶。”

老庞点了点头，又摇了摇头。

“我奶奶周五进医院了，昨天晚上才醒过来，她让我给您捎个信儿。”

“你奶奶住院了？要紧吗？”

“现在没事儿了，已经过了危险期。”

“你刚才说你奶奶……也坐在这条椅子上？”

“是啊。”

“经常坐在这条椅子上？”

“是。”

“你确定？”

“以前，我从远处看见过您，见您和奶奶聊天，只是没这么近距离。”

“走！”老庞用力站起来，“哪家医院？”

“我奶奶没想让您去探视，她只是让我给您传个话儿。”

“走，你带我去！”老庞拉住苏颖的胳膊。

苏颖不好违拗，只好拉着老庞的手。这时，他们身后传来清脆的铃声，驻足间，自行车锻炼者从他们身边快速闪过。铃声使得老庞的意识水洗过一般清晰起来——老婆自行车把上挂着尼龙绸菜袋子，站在街口对他微笑，那是她最后一个微笑，是的，他老婆在 20 年前就离世了。

老庞步履蹒跚，跟着苏颖向外马路走去。两只喜鹊倏地从草地上飞起，跟随在老庞和苏颖身后。翩翩起舞。

大　戏

老姜对领队相当不满意。

明摆着，还有两天就到月底了，要完成这个月的演出任务只有两天时间，在这个节骨眼上，领队说自己眩晕症犯了，让老姜临时带队。老姜是剧团的男主角，他怎么能干领队的活呢。“我实在顶不住了，走路都东倒西歪的……求求你了姜老师，别把大家的饭碗掉地上。”老姜无言以对。

去“团结”演出是年初做的计划，送戏下乡。如果月底前不能完成任务，这个月的补贴就拿不到了。老姜没有做领队的经验，别看在戏中他把人物演得复杂微妙，可在生活中却是个直杆子。没办法，现在他只能硬着头皮和团结农场取得联系，不想，农场的人似乎并不欢迎他们，说：“前几天不是跟你们说过吗？大家正忙着秋收，没工夫接待你们，没心思看戏。”老姜明白了，他掉到领队挖的坑里——领队将责任一推了之，演出不演出都是老姜的问题了。

生气归生气，没了退路的老姜还得找大伙儿商量对策。女主角说："领队生病你吃药，演不演都碍不着你。"老姜正色道："怎么碍不着，不演损害剧团的名誉，影响大伙儿的利益。"女主角啧啧着，说："领队就是抓住你的弱点才让你临时带队的。"化妆师说："如果非要完成任务，也不是没有办法，派两个人应付一下得了。"老姜觉得应付不了，上报材料需要照片和录像，况且计划表里列的是地方戏《收获》，一场大戏，舞美、音控、灯控、服化道一个不能少。舞美说："农场不欢迎咱们，估计没几个人看，不行咱就简单布个景儿，演员亮个相儿，放录音对口型，怎么还应付不过去？"

29号早晨，在老姜的带领下，一辆大客车、一辆货车出城了。其实老江对团结农场还是有印象的，小的时候他曾跟父亲去过农场，那个时候团结农场兵强马壮、红红火火。而今的团结农场已经没了昔日的辉煌，很多老房子已经弃用，显得十分荒凉，到了那里之后，老姜才了解到，退耕还林后农场已经成了营林所，只剩下七八户人家在培育树苗、经营苗圃。

剧团在杂草丛生的场部门前大张旗鼓地搭台布景，惊扰了山区的平静，老农工都好奇地围观，听说要演戏，两个老太太拎着小板凳早早就坐在台子前，翘首以待。

演出准备就绪，老姜站在台子上试了试音响，问："准备好了吗？"舞美站在台下，正准备录像和拍照。对老姜做了个OK手势。

老姜清了清嗓子，学着领队的口气致辞："为丰富群众性文化生活，提高基层文化公共服务水平，让文化贴近群众，贴近基层，把优秀剧目送到老百姓的家门口，我们县剧团根据上级的安排进社区、进学校、进军营、进企业、进农村，今天奉献给大家的，是我团新创作的地方戏《收获》。"下面传来掌声和叫好声，尽管人数不多，却充满了热情。

老姜回头对音控和演员说："可以开始了。"

音乐声起。老姜和女主角出场，他们列着架子，张着嘴，不想只有伴奏音乐没有唱腔，老姜和女主角对了对眼神儿，继续对着口形，唱腔还是没出来……台下开始轻微骚动，甚至有了笑声。也难怪，老姜和女主角显得十分滑稽，仿佛在演一出哑剧。

"停停——停！"老姜大声喊。

音控跑上台来，小声对老姜说："哎哟，不是录音带，是伴奏带，拿错了。"

"诚心让我丢人现眼不是？"

"我看该录的录了，该照的照了，你们就即兴给下边的老头老太太唱几首歌，应付一下得了。"

这时舞美也过来了。

"领队的电话，给你挂不通，打我手机上了。"

老姜接过电话。领队问老姜："你们到哪儿啦？"

"我们已经开始演出了。"

"演出？我怎么没看到你们？"

“你在哪儿？”

“我在团结乡文化广场上。”

“我们在团结农场。”

“错了！”

“错啦？”

“原来我也弄错了，现在对上了。你们快点来团结乡吧！”

“可是，我们正在演出。”

“演什么出？别胡闹，抓紧过来！”

老姜愣住了，他看了看台下的观众，突然，他的心里仿佛被电击了一下，那个电流也许源自台下诚实而渴望的眼神儿。

老姜对女主演说：“看来，今天我们得正儿八经地演一场大戏了。”

女主演迟疑一下，说：“我点过了，一共11名观众，我们20多人就为十来个人演一场大戏？”

老姜坚定地说：“对，咱是专业演员，哪怕一个观众，也得认真演！”

后　记

我不认为小小说“小”

由于写了被称为“小小说”的小说，于是听到不同的声音，有同行认为小小说是小儿科，初学写作者的舞台；也有同行反唇相讥，认为小小说比中短篇小说、甚至长篇小说难写，越短越不好写。我这样看，小小说并不“小”，因为小小说也是小说，只要是小说，长也好短也罢，都不是关键所在，关键是什么？是把它写成小说。

这几年，我阅读十几位文学大师的短小说，博尔赫斯、胡安·鲁尔福、胡里奥·科塔萨尔、约翰·厄普代克、奥托·纳尔毕、A·S·拜厄特、多拉·阿隆索、伊萨克·巴别尔等，如果按字数来界定，他们很多经典短篇也该属于小小说了。比如罗萨的《河的第三条岸》，写了父亲的一生，却只有1800字；而博尔赫斯的名篇《双梦记》也不到800字。所以我这样理解，小说是不分长短的，重要的是小说抵达故事的方式。米兰·昆德拉在《小说的艺术》中说："小说家有三个基本的可能：讲述一个故事（菲尔丁）；描写一个故事（福楼拜）；思考一个故事（穆齐尔）。"当然，故事和小说是有区别的，故事（conte，英语对应词为"tale"）与小说（roman，英语对应词为"novel"）比较，短故事靠抖包袱来画"圆弧"，小说则是持续在绵延之中。

小说不分长短却分好坏。我认为，好的小说应具有多种文学可能性，可以做多重解读，有的读情节故事，有的读文本意趣，有的读寓意象征，有的读亦真亦幻。说是这样说，其实写小说挺难的，写好小说尤其艰难，正因如此，我对写作一直充满了虔诚和敬畏。

津子围

2022 年 3 月